W9-BGC-774

COLLECTION FOLIO

André Breton

L'amour fou

Gallimard

© *Éditions Gallimard, 1937.*

André Breton est né le 18 février 1896 à Tinchebray, dans l'Orne. Ses origines sont bretonnes et lorraines. Élevé d'abord à Saint-Brieuc, par son grand-père maternel, il a quatre ans quand sa famille s'installe à Pantin. En 1906, il entre au collège Chaptal. A dix-sept ans, en 1913, il suit les cours du P.C.N., porte d'entrée des études médicales; trois poèmes, dont un sonnet dédié à Paul Valéry, paraissent en mars 1914, dans *La Phalange* de Jean Royère. En 1915, mobilisé dans l'artillerie, il fait ses classes à Pontivy, puis est versé dans le service de santé à Nantes. Il entre en correspondance avec Guillaume Apollinaire et fait une rencontre capitale, celle de Jacques Vaché. Affecté, en 1917, au centre psychiatrique de la IIe Armée, à Saint-Dizier, il s'initie à la psychanalyse. Rappelé à Paris, il fait, auprès d'Apollinaire, la connaissance de Philippe Soupault et celle d'Aragon, dans la librairie d'Adrienne Monnier. Tous trois collaborent à *Nord-Sud*, revue qu'anime Pierre Reverdy.

En 1919, André Breton publie *Mont de piété*, où s'affirme sa rupture avec la poétique mallarméenne, dans le temps même où, ayant fortuitement découvert l'écriture automatique, il écrit avec Philippe Soupault *Les Champs magnétiques*, qui paraissent en 1920. Avec Aragon et Soupault, il a créé en mars 1919 la revue *Littérature,* qui, en un an, passe de la recherche encore éclectique du « moderne » au soutien et à l'affirmation du mouvement Dada. En septembre 1921, Breton épouse Simone Kahn. Il a déjà pris quelque distance avec Dada, mais la rupture ouverte avec Tzara n'intervient qu'au début de 1922. Dès ce temps, autour de *Littérature, Nouvelle Série,* un groupe est constitué, dont le *Manifeste du surréalisme* (1924) explicite les positions et les interrogations. Dès lors, l'histoire de Breton et celle du surréalisme se mêlent de façon indissoluble.

La rencontre avec Nadja, rue Lafayette, en octobre 1926, est à la source d'un livre qui pose déjà les problèmes essentiels soulevés par le surréalisme (le rapport de la poésie et de la vie, le hasard, l'amour).

Reconnaissant, depuis la guerre du Maroc (1925), la nécessité d'une action politique, Breton entre en 1927 au parti communiste, dont l'exclusivisme idéologique entraîne assez vite son éloignement. Il n'en continue pas moins, difficilement, à collaborer avec le Parti sur divers problèmes (question coloniale, réflexion sur la littérature), jusqu'à la rupture définitive lors du « Congrès pour la défense de la culture » en juin 1935. De ces débats, le *Second Manifeste du surréalisme* (1929) − suivi de ruptures et de nouvelles arrivées − comme *Les Vases communicants* (1932) portent la marque. En 1932 également, se consomme sur ces mêmes questions la rupture avec Aragon.

La rencontre avec Jacqueline Lamba, qui est au centre de *L'Amour fou,* a lieu le 29 mai 1934. C'est aussi le moment où se confirme l'audience internationale du surréalisme : voyage à Prague, aux îles Canaries, auquel se réfère le chapitre v de *L'Amour fou.* Aube, fille d'André Breton et de Jacqueline, naît à la fin de 1935 : c'est à elle que s'adresse le dernier texte du livre.

En 1937, Breton dirige quelque temps une galerie surréaliste rue de Seine, à l'enseigne freudienne de

Gradiva. En 1938, il est chargé de conférences sur la littérature et l'art au Mexique, où il rencontre plusieurs fois Trotski et écrit avec lui le manifeste *Pour un art révolutionnaire indépendant.* Au retour, il rompt avec Paul Éluard. Au moment de la guerre de 1939, André Breton est mobilisé à Poitiers. Après la débâcle, il est l'hôte à Marseille du « Comité de secours américain aux intellectuels », où il retrouve Brauner, Max Ernst, Masson, Péret. En 1941, il parvient à s'embarquer pour la Martinique, où règne le régime de Vichy; il y est d'abord interné, mais a le temps de découvrir Aimé Césaire, avant de partir pour les États-Unis. L'exil à New York est marqué par une exposition surréaliste en 1942 et la création de la revue *VVV.* Et c'est à New York, en 1943, qu'il rencontre Élisa, inspiratrice de la méditation d'*Arcane 17.* Après leur mariage, ils reviennent à Paris en 1946. Contre la mode de l'époque, Breton répudie l'asservissement aux directives d'un parti, ce qui ne l'empêchera pas d'être présent dans les combats du temps, avec une rigueur qui ne fléchit jamais. Il apporte en particulier son soutien à la lutte du Viêt-nam pour son indépendance, et pour un temps aux efforts de Gary Davis, le « citoyen du monde », comme au combat de la Hongrie contre le joug soviétique. Des expositions, des revues marquent l'activité surréaliste d'après la guerre. Pendant la guerre d'Algérie, André Breton est un des premiers signataires du *Manifeste des 121.*

Au printemps de 1966, Breton fait un court voyage en Bretagne. En septembre, il est hospitalisé à Lariboisière, où il meurt le matin du 28. Ses obsèques ont lieu le 1er octobre au cimetière des Batignolles. Le faire-part de décès portait ces seuls mots :

ANDRÉ BRETON

1896-1966

Je cherche l'or du temps

I

Boys du sévère, interprètes anonymes. enchaî-
nés et brillants de la revue à grand spectacle qui
toute une vie, sans espoir de changement. possé-
dera le théâtre mental, ont toujours évolué mystérieusement pour moi des êtres théoriques. que
j'interprète comme des porteurs de clés : ils
portent les *clés des situations*, j'entends par là
qu'ils détiennent le secret des attitudes les plus
significatives que j'aurai à prendre en présence
de tels rares événements qui m'auront poursuivi
de leur marque. Le propre de ces personnages
est de m'apparaître vêtus de noir — sans doute
sont-ils en habit; leurs visages m'échappent: je
les crois sept ou neuf — et, assis l'un près de
l'autre sur un banc, de dialoguer entre eux la tête
parfaitement droite. C'est toujours ainsi que j'aurais voulu les porter à la scène, au début d'une
pièce, leur rôle étant de dévoiler cyniquement les
mobiles de l'action. A la tombée du jour et sou-

vent beaucoup plus tard (je ne me cache pas qu'ici la psychanalyse aurait son mot à dire), comme ils se soumettraient à un rite, je les retrouve errant sans mot dire au bord de la mer, à la file indienne, contournant légèrement les vagues. De leur part, ce silence ne me prive guère, leurs propos de banc m'ayant, à vrai dire, paru toujours singulièrement décousus. Si je leur cherchais dans la littérature un antécédent, je m'arrêterais à coup sûr à l'*Haldernablou* de Jarry, où coule de source un langage litigieux comme le leur, sans valeur d'échange immédiat, *Haldernablou* qui, en outre, se dénoue sur une évocation très semblable à la mienne : « dans la forêt triangulaire, après le crépuscule. »

Pourquoi faut-il qu'à ce fantasme succède irrésistiblement un autre, qui de toute évidence se situe aux antipodes du premier? Il tend, en effet, dans la construction de la pièce idéale dont je parlais, à faire tomber le rideau du dernier acte sur un épisode qui se perd derrière la scène, tout au moins se joue sur cette scène à une profondeur inusitée. Un souci impérieux d'équilibre le détermine et, d'un jour à l'autre, s'oppose en ce qui le concerne à toute variation. Le reste de la pièce est affaire de caprice, c'est-à-dire, comme je me le donne aussitôt à entendre, que cela ne vaut presque pas la peine d'être conçu. Je me plais à me figurer toutes les lumières dont a joui le spectateur convergeant en ce *point d'ombre.* Louable intelligence du problème, bonne volonté du rire et des larmes, goût humain de donner raison ou tort : climats tempérés! Mais tout à coup, serait-ce encore le banc de tout à l'heure, n'importe, ou quelque banquette de café, la scène est à nouveau barrée. Elle est barrée, cette fois, d'un rang de femmes assises, en toilettes claires, les plus touchantes qu'elles aient portées jamais. La symétrie exige qu'elles soient sept ou neuf. Entre un homme... il les reconnaît : l'une après l'autre, toutes à la fois? Ce sont les femmes qu'il a aimées, qui l'ont aimé, celles-ci des années, celles-là un jour. Comme il fait noir!

Si je ne sais rien de plus pathétique au monde, c'est qu'il m'est formellement interdit de supputer, en pareille occurrence, le comportement d'un homme quel qu'il soit — pourvu qu'il ne soit pas lâche — de cet homme à la place duquel je me suis si souvent mis. Il *est* à peine, cet homme vivant qui tenterait, qui tente ce rétablissement au trapèze traître du temps. Il serait incapable de compter sans l'oubli, sans la bête féroce à tête de larve. Le merveilleux petit soulier à facettes s'en allait dans plusieurs directions.

Reste à glisser sans trop de hâte entre les deux impossibles tribunaux qui se font face : celui des hommes que j'aurai été, par exemple en aimant, celui des femmes que toutes je revois en toilettes claires. La même rivière ainsi tourbillonne, griffe, se dévoile et passe, charmée par les pierres douces, les ombres et les herbes. L'eau, folle de ses volutes comme une vraie chevelure de feu. Glisser comme l'eau dans l'étincellement pur, pour cela il faudrait avoir perdu la notion du temps. Mais quel abri contre lui; qui nous apprendra à décanter la joie du souvenir?

L'histoire ne dit pas que les poètes romantiques, qui semblent pourtant de l'amour s'être fait une conception moins dramatique que la nôtre, ont réussi à tenir tête à l'orage. Les exemples de Shelley, de Nerval, d'Arnim illustrent au contraire d'une manière saisissante le conflit qui va s'aggraver jusqu'à nous, l'esprit s'ingéniant à donner l'objet de l'amour pour un être *unique* alors que dans bien des cas les conditions sociales de la vie font implacablement justice d'une telle illusion. De là, je crois, en grande partie, le sentiment de la malédiction qui pèse aujourd'hui sur l'homme et qui s'exprime avec une acuité extrême à travers les œuvres les plus caractéristiques de ces cent dernières années.

Sans préjudice de l'emploi des moyens que nécessite la transformation du monde et, par là, notamment, la suppression de ces obstacles sociaux, il n'est peut-être pas inutile de se convaincre que cette idée de l'amour unique procède d'une attitude mystique — ce qui n'exclut pas qu'elle soit entretenue par la société actuelle à des fins équivoques. Pourtant je crois entrevoir une synthèse possible de cette idée et de sa négation. Ce n'est pas, en effet, le seul parallélisme de ces deux rangées d'hommes et de femmes que tout à l'heure j'ai feint de rendre égales arbitrairement, qui m'incite à admettre que l'intéressé — dans tous ces visages d'hommes appelé pour finir à ne reconnaître que lui-même — ne découvrira pareillement dans tous ces visages de femmes qu'un visage : le *dernier* visage aimé. Que de fois, par ailleurs, j'ai pu constater que sous des apparences extrêmement dissemblables cherchait de l'un à l'autre de ces visages à se définir un trait commun des plus exceptionnels, à se préciser une attitude que j'eusse pu croire m'être soustraite à tout jamais! Si bouleversante que demeure pour moi une telle hypothèse, il se pourrait que, dans ce domaine, le jeu de substitution d'une personne à une autre, voire à plusieurs autres, tende à une légitimation de plus en plus forte de l'aspect physique de l'être aimé, et cela en raison même de la subjectivation toujours croissante du désir. L'être aimé serait alors celui en qui viendraient se composer un certain nombre de qualités particulières tenues pour plus attachantes que les autres et appréciées séparément, successivement, chez les êtres à quelque degré antérieurement aimés. Il est à remarquer que cette proposition corrobore, sous une forme dogmatique, la notion populaire du « type » de femme ou d'homme de tel individu, homme ou femme, pris isolément. Je dis qu'ici comme ailleurs cette notion, fruit qu'elle est d'un jugement collectif éprouvé, vient heureusement en corriger une autre, issue d'une de ces innombrables prétentions idéalistes qui se sont avérées, à la longue, intolérables.

C'est là, tout au fond du creuset humain, en cette région paradoxale où la fusion de deux êtres qui se sont réellement choisis restitue à toutes choses les couleurs perdues du temps des anciens soleils, où pourtant aussi la solitude fait rage par une de ces fantaisies de la nature qui, autour des cratères de l'Alaska, veut que la neige demeure sous la cendre, c'est là qu'il y a des années j'ai demandé qu'on allât chercher la beauté nouvelle, la beauté « envisagée exclusivement à des fins passionnelles ». J'avoue sans la moindre confusion mon insensibilité profonde en présence des spectacles naturels et des œuvres d'art qui, d'emblée, ne me procurent pas un trouble physique caractérisé par la sensation d'une aigrette de vent aux tempes susceptible d'entraîner un véritable frisson. Je n'ai jamais pu m'empêcher d'établir une relation entre cette sensation et celle du plaisir érotique et ne découvre entre elles que des différences de degré. Bien que je ne parvienne jamais à épuiser par l'analyse les éléments constitutifs de ce trouble — il doit en effet tirer parti de mes plus profonds refoulements — ce que j'en sais m'assure que la sexualité seule y préside. Il va sans dire que, dans ces conditions, l'émotion très spéciale dont il s'agit peut surgir pour moi au moment le plus imprévu et m'être causée par quelque chose, ou par quelqu'un, qui, dans l'ensemble, ne m'est pas particulièrement cher. Il ne s'en agit pas moins manifestement de cette sorte d'émotion et non d'une autre, j'insiste sur le fait qu'il est impossible de s'y tromper : c'est vraiment comme si je m'étais perdu et qu'on vînt tout à coup me donner de mes nouvelles. Au cours de la première visite que je lui fis lorsque j'avais dix-sept ans, je me souviens que Paul Valéry insistant pour connaître les raisons qui me portaient à me consacrer à la poésie obtint de moi une réponse déjà dirigée uniquement dans ce sens : je n'aspirais, lui dis-je, qu'à procurer (me procurer?) des états équivalents à ceux que certains mouvements poétiques très à part avaient provoqués en moi. Il est frappant et admirable que de tels états de parfaite réceptivité ne connaissent aucune dégradation dans le temps, puisque, parmi les exemples que je suis tenté aujourd'hui de donner de ces courtes formules dont l'effet sur moi se montre magique reviennent plusieurs de ceux que je proposais à Valéry il y a plus de vingt ans. C'étaient, j'en suis si sûr, le « Mais que salubre est le vent! » de « La Rivière de Cassis » de Rimbaud, un « Alors, comme la nuit vieillissait » de Mallarmé d'après Poe, par-dessus tout peut-être la fin de ce conseil d'une mère à sa fille, dans un conte de Louys : se méfier, je crois, des jeunes gens qui passent sur les routes « avec le vent du soir et les poussières ailées ». Est-il besoin de dire que cette rareté extrême, avec la découverte quelque temps plus tard des *Chants de Maldoror* et de *Poésies* d'Isidore Ducasse, a fait place pour moi à une inespérée profusion? Les « beau comme » de Lautréamont constituent le manifeste même de la poésie convulsive. Les grands yeux clairs, aube ou aubier, crosse de fougère, rhum ou colchique, les plus beaux yeux des musées et de la vie à leur approche comme les fleurs éclatent s'ouvrent pour ne plus voir, sur toutes les branches de l'air. Ces yeux, qui n'expriment plus que sans nuance l'extase, la fureur, l'effroi, ce sont les yeux d'Isis (« Et l'ardeur d'autrefois... »), les yeux des femmes données aux lions, les yeux de Justine et de Juliette, ceux de la Matilde de Lewis, ceux de plusieurs visages de Gustave Moreau, de certaines des têtes de cire les plus modernes. Mais, si Lautréamont règne indiscutablement sur la contrée immense d'où m'arrivent aujourd'hui la plupart de ces appels irrésistibles, je n'en continue pas moins à homologuer tous ceux qui m'ont cloué sur place un jour, une fois pour toutes, qu'ils m'aient mis alors tout entier sous le pouvoir de Baudelaire (« Et d'étranges fleurs... »), de Cros, de Nouveau, de Vaché, plus rarement d'Apollinaire, ou même d'un poète par ailleurs plus qu'oubliable, Michel Féline (« Et les vierges postulantes... De l'accalmie pour leurs seins »).

Le mot « convulsive », que j'ai employé pour qualifier la beauté qui seule, selon moi, doive être servie, perdrait à mes yeux tout sens s'il était conçu dans le mouvement et non à l'expiration exacte de ce mouvement même. Il ne peut, selon moi, y avoir beauté — beauté convulsive — qu'au prix de l'affirmation du rapport réciproque qui lie l'objet considéré dans son mouvement et dans son repos. Je regrette de n'avoir pu fournir, comme complément à l'illustration de ce texte, la photographie d'une locomotive de grande allure qui eût été abandonnée durant des années au délire de la forêt vierge. Outre que le désir de voir *cela* s'accompagne depuis longtemps pour moi d'une exaltation particulière, il me semble que l'aspect sûrement magique de ce monument à la victoire et au désastre, mieux que tout autre, eût été de nature à fixer les idées... Passant de la force à la fragilité, je me revois maintenant dans une grotte du Vaucluse en contemplation devant une petite construction calcaire reposant sur le sol très sombre et imitant à s'y méprendre la forme d'un œuf dans un coquetier. Des gouttes tombant du plafond de la grotte venaient régulièrement heurter sa partie supérieure très fine et d'une blancheur aveuglante. En cette lueur me parut résider l'apothéose des adorables *larmes bataviques*. Il était presque inquiétant d'assister à la formation continue d'une telle merveille. Toujours dans une grotte, la Grotte des Fées près de Montpellier où l'on circule entre des murs de quartz, le cœur retarde quelques secondes de battre au spectacle de ce manteau minéral gigantesque, dit « manteau impérial », dont le drapé défie à jamais la statuaire et que la lumière d'un projecteur couvre de roses, comme pour qu'il n'ait rien à envier, même sous ce rapport, au pourtant splendide et convulsif manteau fait de la répétition à l'infini de l'unique petite plume rouge d'un oiseau rare que portaient les anciens chefs hawaïens.

Mais c'est tout à fait indépendamment de ces figurations accidentelles que je suis amené à faire ici l'éloge du cristal. Nul plus haut enseignement artistique ne me paraît pouvoir être reçu que du cristal. L'œuvre d'art, au même titre d'ailleurs que tel fragment de la vie humaine considérée dans sa signification la plus grave, me paraît dénuée de valeur si elle ne présente pas la dureté, la rigidité, la régularité, le lustre sur toutes ses faces extérieures, intérieures, du cristal. Qu'on entende bien que cette affirmation s'oppose pour moi, de la manière la plus catégorique, la plus constante, à tout ce qui tente, esthétiquement comme moralement, de fonder la beauté formelle sur un travail de perfectionnement volontaire auquel il appartiendrait à l'homme de se livrer. Je ne cesse pas, au contraire, d'être porté à l'apologie de la création, de l'action spontanée et cela dans la mesure même où le cristal, par définition non améliorable, en est l'expression parfaite. La maison que j'habite, ma vie, ce que j'écris : je rêve que cela apparaisse de loin comme apparaissent de près ces cubes de sel gemme.

Cette royauté sensible qui s'étend sur tous les domaines de mon esprit et qui tient ainsi dans une gerbe de rayons à portée de la main n'est, je crois, partagée pleinement de temps à autre que par les bouquets absolus offerts du fond des mers par les alcyonaires, les madrépores. L'inanimé touche ici de si près l'animé que l'imagination est libre de se jouer à l'infini sur ces formes d'apparence toute minérale, de reproduire à leur sujet la démarche qui consiste à reconnaître un nid, une grappe retirés d'une fontaine pétrifiante. Après les tours de châteaux aux trois quarts effondrés, les tours de cristal de roche à la cime céleste et aux pieds de brouillard, d'une fenêtre desquelles, bleus et dorés, tombent les cheveux de Vénus, après ces tours, dis-je, tout le jardin : les résédas géants, les aubépines dont la tige, les feuilles, les épines sont de la substance même des fleurs, les éventails de givre. Si le lieu même où la « figure » — au sens hégélien de mécanisme matériel de l'individualité — par-delà le magnétisme atteint sa réalité est par excellence le cristal, le lieu où elle perd idéalement cette réalité toute-puissante est à mes yeux les coraux, pour peu que je les réintègre comme il se doit à la vie, dans l'éclatant miroitement de la mer. La vie, dans la constance de son processus de formation et de destruction, ne me semble pour l'œil humain pouvoir être concrètement mieux enclose qu'entre les haies de mésanges bleues de l'aragonite et le pont de trésors de la « grande barrière » australienne.

A ces deux premières conditions auxquelles doit répondre la beauté convulsive au sens profond du terme, je juge nécessaire et suffisant d'en adjoindre une troisième qui supprime toute lacune. Une telle beauté ne pourra se dégager que du sentiment poignant de la chose révélée,

1. *Explosante fixe* (p. 26)
PHOTO MAN RAY

2. *La maison que j'habite, ma vie, ce que j'écris...* (p. 17)
PHOTO BRASSAÏ

que de la certitude intégrale procurée par l'irruption d'une solution qui, en raison de sa nature même, ne pouvait nous parvenir par les voies logiques ordinaires. Il s'agit en pareil cas, en effet, d'une solution toujours excédente, d'une solution certes rigoureusement adaptée et pourtant très supérieure au besoin. L'image, telle qu'elle se produit dans l'écriture automatique, en a toujours constitué pour moi un exemple parfait. De même, j'ai pu désirer voir construire un objet très spécial, répondant à une fantaisie poétique quelconque. Cet objet, dans sa matière, dans sa forme, je le prévoyais plus ou moins. Or, il m'est arrivé de le découvrir, unique sans doute parmi d'autres objets fabriqués. C'était lui de toute évidence, bien qu'il différât en tout de mes prévisions. On eût dit que, dans son extrême simplicité, que n'avait pas exclue le souci de répondre aux exigences les plus spécieuses du problème, il me faisait honte du tour élémentaire de mes prévisions. J'y reviendrai. Toujours est-il que le plaisir est ici fonction de la dissemblance même qui existe entre l'objet souhaité et la *trouvaille.* Cette trouvaille, qu'elle soit artistique, scientifique, philosophique ou d'aussi médiocre utilité qu'on voudra, enlève à mes yeux toute beauté à ce qui n'est pas elle. C'est en elle seule qu'il nous est donné de reconnaître le merveilleux précipité du désir. Elle seule a le pouvoir d'agrandir l'univers, de le faire revenir partiellement sur son opacité, de nous découvrir en lui des capacités de recel extraordinaire, proportionnées aux besoins innombrables de l'esprit. La vie quotidienne abonde, du reste, en menues découvertes de cette sorte, où prédomine fréquemment un élément d'apparente gratuité, fonction très probablement de notre incompréhension provisoire, et qui me paraissent par suite des moins dédaignables. Je suis intimement persuadé que toute perception enregistrée de la manière la plus involontaire comme, par exemple, celle de paroles prononcées à la cantonade, porte en elle la solution, symbolique ou autre, d'une difficulté où l'on est avec soi-même. Il n'est encore que de savoir s'orienter dans le dédale. Le délire d'interprétation ne commence qu'où l'homme mal préparé prend peur dans cette *forêt d'indices*. Mais je soutiens que l'attention se ferait plutôt briser les poignets que de se prêter une seconde, pour un être, à ce à quoi le désir de cet être reste extérieur.

Ce qui me séduit dans une telle manière de voir, c'est qu'à perte de vue elle est recréatrice de désir. Comment ne pas espérer faire surgir à volonté la bête aux yeux de prodiges, comment supporter l'idée que, parfois pour longtemps, elle ne peut être forcée dans sa retraite? C'est toute la question des *appâts*. Ainsi, pour faire apparaître une femme, me suis-je vu ouvrir une porte, la fermer, la rouvrir, — quand j'avais constaté que c'était insuffisant glisser une lame dans un livre choisi au hasard, après avoir postulé que telle ligne de la page de gauche ou de droite devait me renseigner d'une manière plus ou moins indirecte sur ses dispositions, me confirmer sa venue imminente ou sa non-venue, — puis recommencer à déplacer les objets, chercher les uns par rapport aux autres à leur faire occuper des positions insolites, etc. Cette femme ne venait pas toujours mais alors il me semble que cela m'aidait à comprendre pourquoi elle ne viendrait pas, il me semble que j'acceptais mieux qu'elle ne vînt pas. D'autres jours, où la question de l'absence, du manque invincible était tranchée, c'était des cartes, interrogées tout à fait hors des règles, quoique selon un code personnel invariable et assez précis, que j'essayais d'obtenir pour le présent, pour l'avenir, une vue claire de ma grâce et de ma disgrâce. Des années durant je me suis servi pour cela toujours du même jeu, qui porte au dos le pavillon de la « Hamburg-America Linie » et sa magnifique devise : « Mein Feld ist die Welt », sans doute aussi parce que dans ce jeu la dame de pique est plus belle que la dame de cœur. Le mode de consultation auquel allait et va encore ma prédilection supposa presque d'emblée la disposition des cartes en croix (au centre ce que j'interroge : moi, elle, l'amour, le danger, la mort, le mystère, au-dessus ce qui plane, à gauche ce qui effraye ou nuit, à droite ce qui est certain, au-dessous ce qui est surmonté). L'impatience voulut que, devant trop de réponses évasives, j'eusse recours très vite à l'interposition, dans cette figure, d'un objet central très personnalisé tel que lettre ou photographie, qui me parut amener des résultats meilleurs puis, électivement, tour à tour, de deux petits personnages fort inquiétants que j'ai appelés à résider chez moi : une racine de mandragore vaguement dégrossie à l'image, pour moi, d'Énée portant son père et la statuette, en caoutchouc brut, d'un jeune être bizarre, écoutant, à la moindre éraflure saignant comme j'ai pu le constater d'un sang intarissable de sève sombre, être qui me touche particulièrement dans la mesure même où je n'en connais ni l'origine ni les fins et qu'à tort ou à raison j'ai pris le parti de tenir pour un objet d'envoûtement. Tout compte tenu du calcul des probabilités, et quelque hésitation que j'aie à avancer un témoignage semblable, rien ne me retient de déclarer que ce dernier objet, par l'intermédiaire des cartes, ne m'a jamais entretenu de rien d'autre que de moi, qu'il m'a toujours ramené au point vif de ma vie.

Le 10 avril 1934, en pleine « occultation » de Vénus par la lune (ce phénomène ne devait se produire qu'une fois dans l'année), je déjeunais dans un petit restaurant situé assez désagréablement près de l'entrée d'un cimetière. Il faut, pour s'y rendre, passer sans enthousiasme devant plusieurs étalages de fleurs. Ce jour-là le spectacle, au mur, d'une horloge vide de son cadran ne me paraissait pas non plus de très bon goût. Mais j'observais, n'ayant rien de mieux à faire, la vie charmante de ce lieu. Le soir le patron, « qui fait la cuisine », regagne son domicile à motocyclette. Des ouvriers semblent faire honneur à la nourriture. Le plongeur, vraiment très beau, d'aspect très intelligent, quitte quelquefois l'office pour discuter, le coude au comptoir, de choses apparemment sérieuses avec les clients. La servante est assez jolie : poétique plutôt. Le 10 avril au matin elle portait, sur un col blanc à pois espacés rouges fort en harmonie avec sa robe noire, une très fine chaîne retenant trois gouttes claires comme de pierre de lune, gouttes rondes sur lesquelles se détachait à la base un croissant de même substance, pareillement serti. J'appréciai, une fois de plus, infiniment, la coïncidence de ce bijou et de cette éclipse. Comme je cherchais à situer cette jeune femme, en la circonstance si bien inspirée, la voix du plongeur, soudain : « Ici, l'Ondine! » et la réponse exquise, enfantine, à peine soupirée, parfaite : « Ah! oui, on le fait ici, l'On dîne! » Est-il plus touchante scène? Je me le demandais le soir encore, en écoutant les artistes du théâtre de l'Atelier massacrer une pièce de John Ford.

La beauté convulsive sera érotique-voilée, explosante-fixe, magique-circonstancielle ou ne sera pas.

II

« Pouvez-vous dire quelle a été la rencontre capitale de votre vie? — Jusqu'à quel point cette rencontre vous a-t-elle donné, vous donne-t-elle l'impression du fortuit? du nécessaire? »

C'est en ces termes que Paul Éluard et moi nous ouvrions naguère une enquête dont la revue Minotaure *a fait connaître les résultats. Au moment de publier les réponses obtenues, j'éprouvai le besoin de préciser le sens de ces deux questions en même temps que de faire porter sur l'ensemble des avis exprimés des conclusions provisoires :*

Si, écrivais-je, l'accueil fait à cette enquête (cent quarante réponses pour environ trois cents questionnaires distribués) peut passer quantitativement pour très satisfaisant, il serait abusif de prétendre que tous ses objectifs ont été atteints et qu'en particulier le concept de rencontre en sort brillamment élucidé. Toutefois, la nature même des appréciations qui nous sont parvenues, l'insuffisance manifeste du plus grand nombre d'entre elles et le caractère plus ou moins réticent ou oscillatoire d'une bonne partie de celles qui ne sont pas purement et simplement « à côté » nous confirment dans le sentiment qu'il pouvait y avoir, en un tel point, prétexte à un sondage intéressant de la pensée contemporaine. Il n'est pas jusqu'au malaise résultant d'une lecture continue et quelque peu attentive des réponses obtenues — d'où se détachent pourtant plusieurs témoignages très valables et que parcourent de brefs traits de lumière — que nous ne tenions pour révélateur d'une inquiétude dont le sens est beaucoup plus large qu'il n'a été donné de l'admettre à la moyenne de nos correspondants. Cette inquiétude traduit, en effet, selon toutes probabilités, le trouble actuel, paroxystique, de la pensée logique amenée à s'expliquer sur le fait que l'ordre, la fin, etc., dans la nature ne se confondant pas objectivement avec ce qu'ils sont dans l'esprit de l'homme, il arrive cependant que la nécessité naturelle tombe d'accord avec la nécessité humaine d'une manière assez extraordinaire et agitante pour que les deux déterminations s'avèrent indiscernables. Le hasard ayant été défini comme « la rencontre d'une causalité externe et d'une finalité interne », il s'agit de savoir si une certaine espèce de « rencontre » — ici la rencontre capitale, c'est-à-dire par définition la rencontre subjectivée à l'extrême — peut être envisagée sous l'angle du hasard sans que cela entraîne immédiatement de pétition de principe. Tel était le plus captivant des pièges tendus à l'intérieur de notre questionnaire. Le moins qu'on puisse dire est qu'il a été rarement évité.

Mais il y avait à peine malice de notre part à compter obtenir de *chacun* de ceux que nous sollicitions une réponse extrêmement complaisante par l'appel brusque, immotivé, au souvenir qui lui tient le plus à cœur. Nous savions flatter par là un besoin éperdu de confidences et de réserves, dont la satisfaction ne pouvait manquer de l'entraîner, par bonne ou mauvaise humeur, à un bout de discussion philosophique. Notre première question tendait essentiellement à mobiliser sur le plan affectif un certain nombre d'esprits que notre seconde question devait être de nature à faire retomber sur le plan de l'objectivité totale et du plus grand désintéressement, d'où le laconisme très marqué des deux phrases. Si l'on veut, nous nous étions proposé, par ce genre de formulation, d'étendre au mental le procédé de la douche écossaise. La réaction que nous en attendions est loin de nous avoir déçus : l'une des questions s'est en effet montrée capable, dans un certain nombre de cas, d'exclure l'autre, la sensibilité prenant le pas sur la rigueur ou le lui cédant, telle ou telle abstention présentant déjà une valeur caractéristique. Toujours est-il que le problème que nous soulevions, l'éveillant de sa vie abstraite au fond des livres, se trouvait ainsi passionné.

Sans préjudice d'un des écueils présents de toute enquête, à savoir que presque exclusivement y prennent part des écrivains professionnels et quelques artistes, ce qui est de nature à lui enlever tout intérêt statistique dès qu'est en cause un sujet comme celui qui nous occupe, il faut reconnaître que le principe méthodologique de notre intervention impliquait certains risques. Très spécialement, la crainte où nous étions de paralyser bon nombre de nos interlocuteurs en cherchant à convenir avec eux de telle acception précise des mots « nécessaire » et « fortuit » qui fut la nôtre (ce qui nous eût contraints de justifier et, par là même, de soutenir notre conception) ne pouvait manquer d'entretenir une certaine équivoque. Cette équivoque, peut-être l'avons-nous sous-estimée néanmoins puisque certains de nos correspondants ont cru pouvoir déduire la « nécessité » de la rencontre du caractère « capital » qui lui était prêté par hypothèse, alors que nous n'avions aucunement en vue cette nécessité toute pragmatique, dont la constatation repose d'ailleurs sur une lapalissade de haut goût.

Nous nous étions proposé de situer le débat sensiblement plus haut et, pour tout dire, au cœur même de cette hésitation qui s'empare de l'esprit lorsqu'il cherche à définir le « hasard ». Nous avions, au préalable, considéré l'évolution assez lente de ce concept jusqu'à nous, pour partir de l'idée antique qui voyait en lui une « cause accidentelle d'effets exceptionnels ou accessoires revêtant l'apparence de la finalité » (Aristote), passer par celle d'un « événement amené par la combinaison ou la rencontre de phénomènes qui appartiennent à des séries indépendantes dans l'ordre de la causalité » (Cournot), par celle d'un « événement rigoureusement déterminé, mais tel qu'une différence extrêmement petite dans ses causes aurait produit une différence considérable dans les faits » (Poincaré) et aboutir à celle des matérialistes modernes, selon laquelle *le hasard serait la forme de manifestation de la nécessité extérieure qui se fraie un chemin dans l'inconscient humain* (pour tenter hardiment d'interpréter et de concilier sur ce point Engels et Freud). C'est assez dire que notre question n'avait de sens qu'autant qu'on pouvait nous prêter l'intention de mettre l'accent sur le côté ultra-objectif (répondant seul à l'admission de la réalité du monde extérieur) que tend, historiquement, à prendre la définition du hasard.

Il s'agissait pour nous de savoir si une rencontre, choisie dans le souvenir entre toutes et dont, par suite, les circonstances prennent, à la lumière affective, un relief particulier, avait été, pour qui voudrait bien la relater, placée originellement sous le signe du spontané, de l'indéterminé, de l'imprévisible ou même de l'invraisemblable, et, si c'était le cas, de quelle manière s'était opérée par la suite la réduction de ces données. Nous comptions sur toutes observations, même distraites, même apparemment irrationnelles, qui eussent pu être faites sur le concours de circonstances qui a présidé à une telle rencontre pour faire ressortir que ce concours n'est nullement inextricable et mettre en évidence les liens de dépendance qui unissent les deux séries causales (naturelle et humaine), liens subtils, fugitifs, inquiétants dans l'état actuel de la connaissance, mais qui, sur les pas les plus incertains de l'homme, font parfois surgir de vives lueurs.

Avec quelque recul j'ajouterai que sans doute rien de mieux ne pouvait être attendu d'une consultation publique à pareil sujet. Le « magique-circonstanciel », qu'il s'agissait ici d'éprouver en étendue et d'amener à prendre objectivement conscience de lui-même, ne peut, par définition, se manifester qu'à la faveur d'une analyse rigoureuse et approfondie des *circonstances* du

3. *Le pont de trésors de
la « grande barrière » australienne* (p. 18)
PHOTO N.-Y.-T.

4. *Moi, elle* (p. 23)
PHOTO MAN RAY

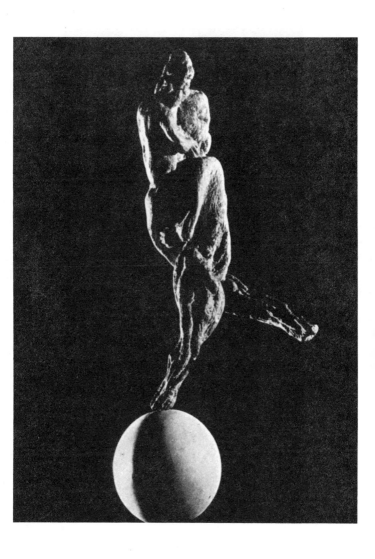

5. *Enée portant son père* (p. 24)

PHOTO MAN RAY

6. *Je n'avais pas cessé de m'intéresser
au progrès de cette statue* (p. 40)
PHOTO DORA MAAR

jeu desquelles il est issu. N'oublions pas qu'il y va du degré de crédibilité d'un fait ou d'un ensemble de faits en apparence plus ou moins miraculeux. On conçoit que les dimensions d'une telle analyse excèdent le cadre d'une réponse d'enquête. Peut-être aussi était-il, de notre part, imprudent d'insister sur le caractère capital de la rencontre, ce qui devait avoir pour conséquence de l'affecter d'un coefficient émotif étranger au véritable problème et plus ou moins nuisible à l'intelligence de ses données. Au long de ce livre j'ai eu loisir de préciser le caractère qu'a pris à mes yeux une telle rencontre. Je crois n'avoir pu le faire qu'en raison de ma volonté d'accommodation progressive à cette lumière de l'anomalie dont portent trace mes précédents ouvrages. Ma plus durable ambition aura été de dégager cette inconnue aussi bien de quelques-uns des faits à première vue les plus humbles que les plus significatifs de ma vie. Je crois avoir réussi à établir que les uns et les autres admettent un commun dénominateur situé dans l'esprit de l'homme et qui n'est autre que son *désir*. Je ne me suis attaché à rien tant qu'à montrer quelles précautions et quelles ruses le désir, à la recherche de son objet, apporte à louvoyer dans les eaux pré-conscientes et, cet objet découvert, de quels moyens, stupéfiants jusqu'à nouvel ordre, il dispose pour le faire connaître par la conscience.

III

A la pointe de la découverte, de l'instant où pour les premiers navigateurs une nouvelle terre fut en vue à celui où ils mirent le pied sur la côte, de l'instant où tel savant put se convaincre qu'il venait d'être témoin d'un phénomène jusqu'à lui inconnu à celui où il commença à mesurer la portée de son observation — tout sentiment de durée aboli dans l'enivrement de la *chance* — un très fin pinceau de feu dégage ou parfait comme rien autre le sens de la vie. C'est à la recréation de cet état particulier de l'esprit que le surréalisme a toujours aspiré, dédaignant en dernière analyse la proie et l'ombre pour ce qui n'est déjà plus l'ombre et n'est pas encore la proie : l'ombre et la proie fondues dans un éclair unique. Il s'agit de *ne pas*, derrière soi, *laisser s'embroussailler les chemins du désir.* Rien n'en garde moins, dans l'art, dans les sciences, que cette volonté d'applications, de butin, de récolte. Foin de toute captivité, fût-ce aux ordres de l'utilité universelle, fût-ce dans les jardins de pierres précieuses de Montezuma! Aujourd'hui encore je n'attends rien que de ma seule disponibilité, que de cette soif d'errer *à la rencontre* de tout, dont je m'assure qu'elle me maintient en communication mystérieuse avec les autres êtres disponibles, comme si nous étions appelés à nous réunir soudain. J'aimerais que ma vie ne laissât après elle d'autre murmure que celui d'une chanson de guetteur, d'une chanson pour tromper l'attente. Indépendamment de ce qui arrive, n'arrive pas, c'est l'attente qui est magnifique.

J'en avais devisé la veille et l'avant-veille avec Alberto Giacometti quand un beau jour du printemps 1934 nous invita à porter nos pas vers le « marché aux puces » dont il a déjà été question dans *Nadja* (tant pis pour cette répétition de décor, qu'excuse la transformation profonde, constante, du lieu). Giacometti travaillait à cette époque à la construction du personnage féminin qu'on trouvera reproduit page 36 de ce livre et ce personnage, bien qu'il lui fût apparu très distinctement plusieurs semaines auparavant et eût pris forme dans le plâtre en quelques heures, était sujet en se réalisant à certaines variations. Alors que le geste des mains et l'appui des jambes sur la planchette visiblement n'avaient jamais donné lieu à la moindre hésitation; que les yeux, le droit figuré par une roue intacte, le gauche par une roue brisée, subsistaient sans modification à travers les états successifs de la figure, la longueur des bras, d'où dépendait le rapport des mains avec les seins, la coupe du visage n'étaient nullement arrêtées. Je n'avais pas cessé de m'intéresser au progrès de cette statue que, d'emblée, j'avais tenue pour l'émanation même du *désir d'aimer et d'être aimé* en quête de son véritable objet humain et dans sa douloureuse ignorance. Tant qu'il n'était pas parfaitement venu au jour la fragilité même, l'élan contenu, le côté tout à la fois pris au piège et rendant grâce par quoi m'avait si vivement ému l'aspect de ce gracieux être me donnaient à redouter dans la vie d'alors de Giacometti toute intervention féminine comme pouvant lui porter préjudice. Rien de plus fondé que cette crainte si l'on songe qu'une telle intervention, passagère, entraîna un jour un regrettable abaissement des mains, justifié consciemment par le souci de découvrir les seins et ayant, à ma grande surprise, pour conséquence la *disparition de l'objet invisible mais présent* sur quoi se centre l'intérêt de la figure et que ces mains tiennent ou soutiennent. A quelques légers correctifs près, elles furent rétablies le lendemain à leur vraie place. La tête cependant, bien que cernée dans ses grandes

40

lignes, définie dans son caractère général, participait presque seule de l'indétermination sentimentale dont je continue à penser que l'œuvre avait jailli. Toute soumise qu'elle était à certaines données imprescriptibles — vipérine, étonnée et tendre — elle résistait manifestement à l'individualisation, cette résistance, comme aussi celle des seins à la particularisation finale, se donnant pour raison avouée divers prétextes plastiques. Toujours est-il que le visage, si net, si flagrant aujourd'hui, était assez lent à s'éveiller du cristal de ses plans pour qu'on pût se demander s'il livrerait jamais son expression, cette expression par quoi seule pourrait se parachever l'unité du naturel et du surnaturel qui permettrait à l'artiste de passer à autre chose. Il manquait ici une assurance sur la réalité, un point d'appui sur le monde des objets tangibles. Il manquait ce terme de comparaison même lointain qui confère brusquement la certitude.

Les objets qui, entre la lassitude des uns et le désir des autres, vont rêver à la foire de la brocante n'avaient, ce jour-là, qu'à peine réussi à se différencier durant la première heure de notre promenade. Leur cours régulier n'était parvenu qu'à entretenir sans à-coups la méditation que ce lieu, comme nul autre, fait porter sur la précarité du sort de tant de petites constructions humaines. Le premier d'entre eux qui nous attira réellement, qui exerça sur nous l'attraction du *jamais vu*, fut un demi-masque de métal frappant de rigidité en même temps que de force d'adaptation à une nécessité de nous inconnue. La première idée, toute fantaisiste, était de se trouver en présence d'un descendant très évolué du heaume, qui se fût laissé entraîner à flirter avec le loup de velours. Nous pûmes, en l'essayant, nous convaincre que les œillères, striées de lamelles horizontales de même substance diversement inclinées, permettaient une visibilité parfaite tant au-dessus et au-dessous que droit devant soi. L'aplatissement de la face proprement dite en dehors du nez, qu'accentuait la fuite rapide et pourtant délicate vers les tempes, joint à un second cloisonnement de la vue par des lamelles perpendiculaires aux précédentes et allant en se resserrant graduellement à partir de la dite courbure, prêtait à ce haut du visage aveugle l'attitude altière, *sûre d'elle*, inébranlable qui nous avait d'abord retenus. Bien que le caractère remarquablement définitif de cet objet semblât échapper au marchand qui nous pressait de l'acheter en suggérant de le peindre d'une couleur vive et de le faire monter en lanterne, Giacometti, pourtant très détaché en général de toute idée de possession à propos de tels objets, le reposa à regret, parut chemin faisant concevoir des craintes sur sa destination prochaine, finalement revint sur ses pas pour l'acquérir. A quelques boutiques de là, un choix presque aussi électif se porta pour moi sur une grande cuiller en bois, d'exécution paysanne, mais assez belle, me sembla-t-il, assez hardie de forme, dont le manche, lorsqu'elle reposait sur sa partie convexe, s'élevait de la hauteur d'un petit soulier faisant corps avec elle. Je l'emportai aussitôt.

Nous débattions le sens qu'il convient d'attacher, si minimes puissent-elles paraître, à de telles trouvailles. Les deux objets, qu'on nous avait remis non enveloppés, dont nous ignorions l'existence quelques minutes plus tôt et qui nous imposaient avec eux ce contact sensoriel anormalement prolongé, nous ramenaient sans cesse à la considération de leur existence concrète, nous livraient aussi certains prolongements, très inattendus, de leur vie. C'est ainsi que le masque, perdant peu à peu ce que nous étions tombés d'accord pour lui assigner comme usage probable — nous avions pensé avoir affaire à un masque allemand d'escrime au sabre — tendait à se situer dans les recherches personnelles de Giacometti, à y prendre une place analogue à celle qu'occupait précisément alors le visage de la statue dont j'ai parlé. A pénétrer, en effet, tout le détail de sa structure on constatait qu'il était en quelque sorte *compris* entre la *Tête* reproduite dans le numéro 5 de la revue *Minotaure*, dernière œuvre qu'il eût achevée et dont il m'avait promis le moulage, et ce visage demeuré à l'état d'ébauche. Restait, on l'a vu, à lever sur celui-ci le dernier voile : l'intervention du masque semblait avoir pour but d'aider Giacometti à vaincre, à ce sujet, son indécision. *La trouvaille d'objet remplit ici rigoureusement le même office que le rêve, en ce sens qu'elle libère l'individu de scrupules affectifs paralysants, le réconforte et lui fait comprendre que l'obstacle qu'il pouvait croire insurmontable est franchi* [1]. Une certaine contradiction plastique, reflet sans nul doute d'une contradiction morale profonde, observable dans les premiers états de la sculpture, tenait, en effet, à la manière distincte dont l'artiste avait traité la partie supérieure − très largement par plans, pour fuir, je suppose, certaines précisions toujours accablantes du souvenir − et la partie inférieure − très dégagée, parce que sûrement méconnaissable − du personnage. Le masque, tirant parti de certaines ressemblances formelles qui les premières ont dû fixer l'attention (telles, pour l'œil, le rapprochement qui ne peut manquer de s'établir entre le treillis métal-

1. Cf. *Les Vases communicants* (Denoël et Steele, édit.).

lique et la roue) impose, dans les limites du moindre espace, la fusion de ces deux manières. Il me semble impossible de sous-estimer son rôle, lorsque je me rends compte de la parfaite unité organique de ce frêle et imaginaire corps de femme que nous admirons aujourd'hui.

Cet essai de démonstration du rôle *catalyseur* de la trouvaille n'aurait à mes yeux rien de péremptoire si ce même jour — mais seulement après avoir quitté Giacometti — je n'avais pu m'assurer que la cuiller de bois répondait à une nécessité analogue, *bien que, comme il s'agit de moi, cette nécessité me soit demeurée longtemps plus obscure.* J'observe en passant que ces deux trouvailles que Giacometti et moi nous faisons *ensemble* répondent à un désir qui n'est pas un désir quelconque de l'un de nous mais bien un désir de l'un de nous auquel l'autre, en raison de circonstances particulières, se trouve associé. Je dis que ce désir plus ou moins conscient — dans le cas précédent la hâte de voir apparaître la statue tout entière telle qu'elle doit être — n'entraîne de trouvaille à deux, sans doute à davantage, qu'autant qu'il est *axé sur des préoccupations communes typiques.* Je serais tenté de dire que les deux individus qui marchent l'un près de l'autre constituent une seule machine à influence *amorcée.* La trouvaille me paraît équilibrer tout à coup deux niveaux de réflexion très différents, à la façon de ces brusques condensations atmosphériques dont l'effet est de rendre conductrices des régions qui ne l'étaient point et de produire les éclairs.

Quelques mois plus tôt, poussé par un fragment de *phrase de réveil* : « le cendrier Cendrillon » et la tentation qui me possède depuis longtemps de mettre en circulation des objets oniriques et para-oniriques, j'avais prié Giacometti de modeler pour moi, en n'écoutant que son caprice, une petite pantoufle qui fût en principe la pantoufle perdue de Cendrillon. Cette pantoufle je me proposais de la faire couler en verre et même, si je me souviens bien, en verre gris, puis de m'en servir comme cendrier. En dépit des rappels fréquents que je lui fis de sa promesse, Giacometti oublia de me donner satisfaction. Le *manque*, éprouvé réellement, de cette pantoufle, m'inclina à plusieurs reprises à une assez longue rêverie, dont je crois dans mon enfance retrouver trace à son propos. Je m'impatientais de ne pouvoir imaginer concrètement cet objet, sur la substance duquel plane d'ailleurs par surcroît l'équivoque euphonique du mot « vair ». Le jour de notre promenade, il n'en était plus question entre Giacometti et moi depuis longtemps.

C'est rentré chez moi qu'ayant posé la cuiller

7. *Un descendant très évolué du heaume...* (p. 42)

PHOTO MAN RAY

8. *De la hauteur d'un petit soulier faisant corps avec elle* (p. 43)
PHOTO MAN RAY

súr un meuble je vis tout à coup s'emparer d'elle toutes les puissances associatives et interprétatives qui étaient demeurées dans l'inaction alors que je la tenais. Sous mes yeux il était clair qu'elle changeait. De profil, à une certaine hauteur, le petit soulier de bois issu de son manche — la courbure de ce dernier aidant — prenait figure de talon et le tout présentait la silhouette d'une pantoufle à la pointe relevée comme celle des danseuses. Cendrillon revenait bien du bal! La longueur réelle de la cuiller de tout à l'heure n'avait plus rien de fixe, ne pouvait présenter aucun caractère contrariant, elle tendait vers l'infini aussi bien dans le sens de la grandeur que dans celui de la petitesse : c'est qu'en effet le petit soulier-talon présidait à l'enchantement, qu'en lui logeait le *ressort* même *de la stéréotypie* (le talon de ce soulier-talon eût pu être un soulier, dont le talon lui-même... et ainsi de suite). Le bois d'abord ingrat acquérait par là la transparence du verre. Dès lors la pantoufle au talon-soulier qui se multipliait prenait sur l'étagère un vague air de se déplacer par ses propres moyens. *Ce déplacement devenait synchrone de celui de la citrouille-carrosse du conte.* Plus loin encore la cuiller de bois s'éclairait, d'ailleurs, en tant que telle. Elle prenait la valeur ardente d'un des ustensiles de cuisine qu'avait dû manipuler Cendrillon avant sa métamorphose. Ainsi se trouvait spécifié concrètement un des plus touchants enseignements de la vieille histoire : la pantoufle merveilleuse en puissance dans la pauvre cuiller. Sur cette idée se fermait idéalement le cycle des recoupements. Avec elle il devenait clair que l'objet que j'avais désiré contempler jadis s'était construit hors de moi, très différent, *très au-delà* de ce que j'eusse imaginé, et au mépris de plusieurs données immédiates trompeuses. C'était donc à ce prix, seulement à ce prix qu'en lui, encore une fois, la parfaite unité organique avait pu être atteinte.

La sympathie qui existe entre deux, entre plusieurs êtres semble bien les mettre sur la voie de solutions qu'ils poursuivraient séparément en vain. Cette sympathie ne serait rien moins que de nature à faire passer dans le domaine du hasard favorable (l'antipathie dans celui du hasard défavorable) des rencontres qui lorsqu'elles n'ont lieu que pour un seul ne sont pas prises en considération, sont rejetées dans l'accidentel. Elle mettrait en jeu à notre profit une véritable *finalité seconde*, au sens de possibilité d'atteindre un but par la conjugaison avec notre volonté — dont l'atteinte de ce but ne peut uniquement dépendre — d'une autre volonté humaine qui se borne à être favorable à ce que nous l'atteignions. (Il n'est pas douteux, en particulier, qu'il faille voir là la cause profonde de l'attachement surréaliste au jeu des définitions, des suppositions, des prévisions : « Qu'est-ce que... Si... Quand... [1] » qui m'est toujours apparu poétiquement comme la plus fabuleuse source d'images *introuvables*.) Sur le plan individuel l'amitié et l'amour, comme sur le plan social les liens créés par la communauté des souffrances et la convergence des revendications, sont seuls capables de favoriser cette combinaison brusque, éclatante de phénomènes qui appartiennent à des séries causales indépendantes. Notre chance est éparse dans le monde, qui sait, en pouvoir de s'épanouir sur tout, mais chiffonnée comme un coquelicot en bouton. Dès que nous sommes seuls à sa recherche elle repousse contre nous la grille de l'univers, elle joue pour nous duper sur la triste ressemblance des feuilles de tous les arbres, elle vêt le long des routes des robes de cailloux.

1er P.-S. (1934). — Comme j'achevais de rédiger cette communication, le désir me vint de la faire suivre, dans la revue où elle paraîtrait, d'une nouvelle série de ces Questions et Réponses : « Qu'est-ce que...? — C'est [2]... » (les secondes

1. Cf. *La Révolution surréaliste*, mars 1928; *Variétés*, juin 1929.

2. Giacometti : « Qu'est-ce que le violet? » Breton : « C'est une mouche double. » Breton : « Qu'est-ce que l'art? » Giacometti : « C'est une coquille blanche dans une cuvette d'eau. » Etc.

fournies en toute ignorance des premières) qui témoignât du fait que, mes amis et moi, nous n'avons aucune tendance à nous blaser, en particulier, sur ce système original de définitions. A vrai dire il me paraît secondaire de savoir si certaines des réponses en cause ne sont pas interchangeables : je ne me refuse pas à admettre qu'elles le sont et, par suite, je juge inutile de faire intervenir ici le calcul des probabilités. Pareillement il se peut qu'à défaut de la cuiller et du masque, d'autres objets découverts le même jour eussent été capables de remplir le même rôle. — Je consacrai quelques instants à relever, sur les documents en ma possession, les phrases qui me paraissaient pouvoir être réunies sous le titre : « Le dialogue en 1934. » Dans l'impossibilité matérielle où j'étais de les retenir toutes, force me fut, évidemment, de préférer celles-ci à celles-là. Malgré mon effort d'objectivité, je n'oserais prétendre avoir extrait le meilleur, ni le plus significatif. Une conversation, le soir même, avec Giacometti, put en effet me donner à penser que tout ce qui avait été omis ne l'avait pas été pour des raisons très valables. Revenant avec lui sur l'une des réflexions qu'avait fait naître notre promenade, à savoir l'incapacité où j'étais, par suite du maintien de la *censure*, de justifier pleinement la nécessité pour moi, à ce moment, de la cuiller, je me souvins *brusque-*

ment qu'une des définitions que j'avais écartées (comme trop compliquée, trop facilement pittoresque, me semblait-il) énumérait des éléments de nature, à première vue, disparate : des cuillers — et même de « grandes » cuillers — des coloquintes « monstres » et quelque chose sur quoi la mémoire me faisait défaut. Ces seuls éléments connus pouvaient suffire à me faire penser que je me trouvais en présence d'une figuration symbolique de l'appareil sexuel de l'homme, dans laquelle la cuiller tenait la place du pénis. Mais le recours au manuscrit, en vue de combler la lacune qui restait, m'ôta toute espèce de doute à cet égard : « Qu'est-ce que l'automatisme? m'avait-on demandé. — Ce sont de grandes cuillers, des coloquintes monstres, des lustres de bulles de savon. » (On voit qu'à travers la persistance de l'idée délirante de grandeur, le sperme était ce qui avait tenté de se dérober le plus longtemps à ma reconnaissance.) Il devenait clair, dans ces conditions, que tout le mouvement de ma pensée antérieure avait eu pour point de départ l'égalité objective : pantoufle = cuiller = pénis = moule parfait de ce pénis. De ce fait plusieurs autres données de l'énigme s'illuminaient : le choix du verre gris comme matière dans laquelle pouvait être conçue électivement la pantoufle s'expliquait par le désir de concilier les deux substances très distinctes que sont le verre (proposé par

Perrault), et le vair, son homophone, dont la substitution au premier rend compte d'une correction d'usage très significative (il est remédié, par là, à la propriété du verre d'être cassant et il est créé une ambiguïté supplémentaire favorable à la thèse que je défends ici. A remarquer, d'ailleurs, que la fourrure de vair, lorsqu'elle n'était constituée que de dos d'écureuils, prenait le nom de *dos de gris*, ce qui ne va pas sans rappeler que, pour l'aînée de ses sœurs, l'héroïne de Perrault s'appelait *Cucendron*).

Je ne saurais trop insister sur le fait que la pantoufle de Cendrillon est ce qui prend, par excellence, dans notre folklore la signification de l'*objet perdu*, de sorte qu'à me reporter au moment où j'ai conçu le désir de sa réalisation artistique et de sa possession, je n'ai aucune peine à comprendre qu'elle symbolisait pour moi une femme *unique*, *inconnue*, magnifiée et dramatisée par le sentiment de ma solitude et de la nécessité impérieuse d'abolir en moi certains souvenirs. Le besoin d'aimer, avec tout ce qu'il comporte d'exigence bouleversante au point de vue de l'unité (de l'unité-limite) de son objet ne trouve ici rien de mieux à faire que de reproduire les démarches du fils du roi dans le conte, faisant essayer la pantoufle « la plus jolie du monde » à toutes les femmes du royaume. Le contenu latent, sexuel, est assez transparent sous les mots : « Que je voie, dit en riant Cendrillon, si elle ne me serait pas bonne »... « Il vit qu'elle y entrait sans peine et qu'elle y était juste comme de cire. »

2ᵉ P.-S. (1936) — « D'Éros et de la lutte contre Éros! » Dans sa forme énigmatique, cette exclamation de Freud[1] parvient certains jours à m'obséder comme le peuvent seuls certains vers. En relisant, deux ans après, ce qui précède, je dois m'avouer que si j'ai réussi à me fournir sur-le-champ une interprétation valable de la trouvaille de la cuiller, il semble que, par contre, je me sois montré assez réticent sur celle du masque : 1° il est à remarquer qu'en dépit de sa singularité *je n'en convoite pas la possession* mais que j'éprouve un certain plaisir à ce que Giacometti se l'approprie et que je me hâte de justifier de sa part cette acquisition; 2° la publication en juin 1934 des pages qui précèdent sous le titre : « Équation de l'objet trouvé » dans la revue belge *Documents* me vaut aussitôt une longue lettre très troublante de Joe Bousquet qui reconnaît formellement ce masque pour un de ceux qu'il eut à distribuer à sa compagnie en Argonne, un soir de boue de la guerre, à la veille de l'attaque où un grand nombre de ses hommes devaient trouver la mort et lui-même être atteint à la colonne vertébrale de la

1. Freud : *Essais de psychanalyse :* Le Moi et le Soi (Payot, édit.).

balle qui l'immobiliserait. Je regrette de ne pouvoir citer ici des fragments de cette lettre que malheureusement et sans doute *symptomatiquement* j'ai perdue, mais je me souviens qu'elle insistait, de la manière la plus tragique, sur le rôle maléfique de ce masque, non seulement d'une protection illusoire mais encore embarrassant, lourd, égarant, *d'un autre temps* et qui dut être abandonné à la suite de cette expérience; 3° j'ai appris récemment d'elles-mêmes que, tandis que Giacometti et moi nous examinions cet objet, nous avions été *vus sans les voir* par deux personnes qui venaient, quelques secondes plus tôt, de le manipuler : l'une de ces personnes, disparue pour moi durant des années, n'est autre que celle à qui s'adressent les dernières pages de *Nadja* et qui est désignée par la lettre X dans *Les Vases communicants*, l'autre était son ami. Quoique intriguée par le masque elle l'avait reposé comme moi. « D'Éros et de la lutte contre Éros! » Ma gêne, peut-être antérieurement la sienne devant le masque — sur l'usage duquel devaient me parvenir peu après de si pénibles éclaircissements, — l'étrange figure (en forme d'X mi-sombre mi-clair) que forme cette rencontre ignorée de moi mais non d'elle, rencontre axée si précisément sur un tel objet, me donnent à penser qu'à cet instant il précipite en lui l'« instinct de mort » longtemps dominant pour moi par suite de la perte d'un être aimé, par opposition à l'instinct sexuel qui, quelques pas plus loin, allait trouver à se satisfaire dans la découverte de la cuiller. Ainsi se vérifie on ne peut plus concrètement la proposition de Freud : « Les deux instincts, aussi bien l'instinct sexuel que l'instinct de mort, se comportent comme des instincts de conservation, au sens le plus strict du mot, puisqu'ils tendent l'un et l'autre à rétablir un état qui a été troublé par l'apparition de la vie. » Mais il s'agissait de pouvoir recommencer à aimer, non plus seulement de continuer à vivre! Les deux instincts, par cela même, n'ont jamais été plus exaltés qu'on peut les observer sous le déguisement ultra-matériel des pages 47 et 48, déguisement qui leur permet alors de m'éprouver, de mesurer sur moi leur force coup sur coup.

IV

J'hésite, il faut l'avouer, à faire ce saut, je crains de tomber dans l'inconnu sans limites. Toutes sortes d'ombres s'empressent autour de moi pour me retenir, pour m'opposer de hauts murs que j'ai grand-peine à frapper d'inconsistance. On voudra bien croire qu'à ces ombres ne se mêle rien qui puisse tenir au dévoilement d'un épisode singulièrement émouvant de ma vie : à maintes reprises [1] j'ai été amené à situer, par rapport à diverses circonstances intimes de cette vie, une série de faits qui me semblaient de nature à retenir l'attention psychologique, en raison de leur caractère insolite. Seule, en effet, la référence précise, absolument consciencieuse, à l'état émotionnel du sujet au moment où se produisirent de tels faits, peut fournir une base réelle d'appréciation. C'est sur le modèle de l'observa-

1. Cf. *Nadja* (N.R.F., édit.), *Les Vases communicants* (Denoël et Steele, édit.).

tion médicale que le surréalisme a toujours proposé que la relation en fût entreprise. Pas un incident ne peut être omis, pas même un nom ne peut être modifié sans que rentre aussitôt l'arbitraire. La mise en évidence de l'irrationalité immédiate, confondante, de certains événements nécessite la stricte authenticité du document humain qui les enregistre. L'heure dans laquelle a pu s'inscrire une interrogation si poignante est trop belle pour qu'il soit permis de rien y ajouter, de rien en soustraire. Le seul moyen de lui rendre justice est de penser, de donner à penser qu'elle s'est vraiment écoulée.

Mais la distinction du plausible et du non-plausible s'impose à moi comme aux autres hommes. Pas plus qu'eux je n'échappe au besoin de tenir le déroulement de la vie extérieure pour indépendant de ce qui constitue spirituellement mon individualité propre et si j'accepte à chaque minute de refléter selon mes facultés particulières le spectacle qui se joue en dehors de moi, il m'est par contre étrangement difficile d'admettre que ce spectacle s'organise soudain comme pour moi seul, ne tende plus en apparence qu'à se conformer à la représentation *antérieure* que j'en ai eue. Cette difficulté s'accroît du fait que la représentation en question s'est offerte à moi comme toute fantaisiste et qu'étant donné le caractère manifestement capricieux de son développement, il n'y avait aucune probabilité à ce qu'elle trouvât jamais de corroboration sur le plan réel : à plus forte raison de corroboration continue, impliquant entre les événements que l'esprit s'était plu à agencer et les événements réels un incessant parallélisme. Pour si rare et peut-être si élective qu'elle puisse passer, une telle conjonction est assez troublante pour qu'il ne puisse être question de passer outre. Rien ne servirait, en effet, de se cacher qu'une fois établie elle est susceptible à elle seule de tenir en échec, jusqu'à nouvel ordre, toute la pensée rationaliste. De plus, pour pouvoir être négligée, il faudrait qu'elle n'agitât pas à l'extrême l'esprit qui est amené à en prendre conscience. Il est impossible, en effet, que celui-ci n'y puise pas un sentiment de félicité et d'inquiétude extraordinaires, un mélange de terreur et de joie *paniques*. C'est comme si tout à coup la nuit profonde de l'existence humaine était percée, comme si la nécessité naturelle, consentant à ne faire qu'une avec la nécessité logique, toutes choses étaient livrées à la transparence totale, reliées par une chaîne de verre dont ne manquât pas un maillon. Si c'est là une simple illusion, je suis pour l'abandonner mais qu'on *prouve* d'abord que c'est une illusion. Au cas contraire, si, comme je le crois, c'est là l'amorce d'un contact, entre tous éblouissant, de l'homme avec le monde des choses, je suis pour qu'on cherche à déterminer ce qu'il peut y avoir de plus caractéristique dans un tel phénomène et aussi pour qu'on tente de provoquer le plus grand nombre possible de communications de l'ordre de celle qui va suivre. C'est seulement lorsque ces communications auront été réunies et confrontées qu'il pourra s'agir de dégager la loi de production de ces échanges mystérieux entre le matériel et le mental. Je ne me propose encore rien tant que d'attirer l'attention sur eux, les tenant pour moins exceptionnels qu'on est aujourd'hui d'humeur à le croire, en raison de la suspicion en laquelle est tenu le caractère nettement *révélatoire* qui les distingue au premier chef. De notre temps parler de révélation est malheureusement s'exposer à être taxé de tendances régressives : je précise donc qu'ici je ne prends aucunement ce mot dans son acception métaphysique mais que, seul, il me paraît assez fort pour traduire l'émotion sans égale qu'en ce sens il m'a été donné d'éprouver. La plus grande faiblesse de la pensée contemporaine me paraît résider dans la surestimation extravagante du connu par rapport à ce qui reste à connaître. Pour la convaincre en cela de n'obéir qu'à sa haine fondamentale de l'effort, il est plus utile que jamais d'en appeler au témoignage de Hegel : « L'esprit n'est tenu en éveil et vivement sollicité par le besoin de se développer en présence des objets qu'autant qu'il reste en eux quelque chose de mystérieux qui n'a pas encore été révélé. » Il est permis d'en déduire que l'étrangeté totale, pourvu qu'elle ressorte de constatations vérifiables, ne peut sous aucun prétexte être dénoncée.

Cette jeune femme qui venait d'entrer était comme entourée d'une vapeur — vêtue d'un feu? — Tout se décolorait, se glaçait auprès de ce teint rêvé sur un accord parfait de rouillé et de vert : l'ancienne Égypte, une petite fougère inoubliable rampant au mur intérieur d'un très vieux puits, le plus vaste, le plus profond, et le plus noir de tous ceux sur lesquels je me suis penché, à Villeneuve-les-Avignon, dans les ruines d'une ville splendide du xive siècle français, aujourd'hui abandonnée aux bohémiens. Ce teint jouait, en se fonçant encore du visage aux mains, sur un rapport de tons fascinant entre le soleil extraordinairement pâle des cheveux en bouquet de chèvrefeuille — la tête se baissait, se relevait, très inoccupée — et le papier qu'on s'était fait donner pour écrire, dans l'intervalle d'une robe si émouvante peut-être à cet instant que je ne la vois plus. C'était quelque être très jeune, mais de qui ce signe distinctif ne s'imposait cependant pas à première vue, en raison de cette illusion qu'il donnait de se déplacer en plein jour dans la lu-

mière d'une lampe. Je l'avais déjà vu pénétrer
deux ou trois fois dans ce lieu : il m'avait à chaque
fois été annoncé, avant de s'offrir à mon regard,
par je ne sais quel mouvement de saisissement
d'épaule à épaule ondulant jusqu'à moi à travers
cette salle de café depuis la porte. Ce mouvement,
dans la mesure même où, agitant une assistance
vulgaire, il prend très vite un caractère hostile,
que ce soit dans la vie ou dans l'art, m'a toujours
averti de la présence du *beau*. Et je puis bien dire
qu'à cette place, le 29 mai 1934, cette femme
était *scandaleusement* belle. Une telle certitude,
pour moi assez exaltante à cette époque par
elle-même, risquait d'ailleurs fort de m'obséder
durant le temps qui s'écoulait entre ses appari-
tions réelles, puisqu'une intuition très vague, dès
les premiers instants, m'avait permis d'envisager
que le destin de cette jeune femme pût un jour,
et si faiblement que ce fût, entrer en composition
avec le mien. Je venais d'écrire quelques jours
plus tôt le texte inaugural de ce livre, texte qui
rend assez bien compte de mes dispositions men-
tales, affectives d'alors : besoin de concilier l'idée
de l'amour unique et sa négation plus ou moins
fatale dans le cadre social actuel, souci de prou-
ver qu'une solution plus que suffisante, nettement
excédante des problèmes vitaux, peut être toujours attendue de l'abandon des voies logiques
ordinaires. Je n'ai jamais cessé de croire que

l'amour, entre tous les états par lesquels l'homme peut passer, est le plus grand pourvoyeur en matière de solutions de ce genre, tout en étant lui-même le lieu idéal de jonction, de fusion de ces solutions. Les hommes désespèrent stupidement de l'amour — j'en ai désespéré — ils vivent asservis à cette idée que l'amour est toujours derrière eux, jamais *devant* eux : les siècles passés, le mensonge de l'oubli à vingt ans. Ils supportent, ils s'aguerrissent à admettre surtout que l'amour ne soit pas *pour eux*, avec son cortège de clartés, ce regard sur le monde qui est fait de tous les yeux de devins. Ils boitent de souvenirs fallacieux auxquels ils vont jusqu'à prêter l'origine d'une chute immémoriale, pour ne pas se trouver trop coupables. Et pourtant pour chacun la promesse de toute heure à venir contient tout le secret de la vie, en puissance de se révéler un jour occasionnellement dans un autre être.

Cette femme qui venait d'entrer écrivait donc — elle avait également écrit la veille et, même, je m'étais plu très vite à penser qu'elle *m*'écrivait, surpris ensuite à attendre sa lettre. *Naturellement,* rien. A sept heures et demie, le 29 mai, son retour à une telle attitude — à nouveau le plafond, la plume, un mur, le plafond, jamais son regard ne rencontrait le mien — me causait une légère impatience. Pour peu que je bougeasse, les yeux longtemps levés ne cillaient pas ou presque : à quelques mètres de moi, ils jetaient leur long feu absent d'herbes sèches et le buste le plus gracieux qui soit recommençait à régner sur l'immobilité. Je sentais me posséder peu à peu le tourment d'une interrogation qui s'accommodait mal de rester muette. Comme cette minute m'est proche! Je sais si peu ce qui me guidait. Mais cette salle, en pleine lumière, s'était allégée de toute autre présence : un dernier flot avait entraîné les amis à qui je continuais à parler.

Cette femme qui venait d'entrer allait bientôt se retrouver dans la rue, où je l'attendais sans me montrer. Dans la rue... L'admirable courant du soir faisait miroiter comme nulle autre cette région la plus vivante et par instants la plus trouble de Montmartre. Et cette silhouette devant moi qui fuyait, interceptée sans cesse par de mobiles buissons noirs. L'espoir — au reste quel espoir? — ne faisait déjà plus voleter à mes côtés qu'une très petite flamme déteinte. Et les trottoirs bifurquaient inexplicablement tour à tour, selon un itinéraire aussi capricieux que possible. Contre toute apparence, je me demandais si je n'avais pas été aperçu pour qu'on m'entraînât ainsi dans le plus merveilleux chemin des écoliers. Il finit tout de même par me mener quelque part, à une station quelconque de véhicules. Un pas de plus, de moins et, fort étonné, le visage que j'avais follement craint de ne jamais revoir se trouvait tourné vers moi de si près que son sourire à cette seconde me laisse aujourd'hui le souvenir d'un écureuil tenant une noisette verte. Les cheveux, de pluie claire sur des marronniers en fleurs... Elle me dit qu'elle m'avait écrit — cette lettre de tout à l'heure m'était destinée — s'étonna qu'on ne me l'eût pas remise et, comme j'étais hors d'état de songer alors à la retenir, prit très vite congé de moi en me donnant rendez-vous ce même soir à minuit.

Je glisse sur les heures de tumulte qui suivirent. Il est deux heures du matin quand nous sortons du « Café des Oiseaux ». Ma confiance en moi subit une crise assez spéciale et assez grave pour qu'il me paraisse nécessaire d'en donner ici quelque idée si je persiste à vouloir faire le jour sur les suites immédiates de cette rencontre en ce qu'elles ont d'apparemment presque normal et, à la réflexion, de tout à fait inexplicable en raison, sur un autre plan, de leur caractère rigoureusement concerté. Dans la mesure même où j'ai pu m'abandonner durant plusieurs jours à l'idée *a priori* purement séduisante que je puis être en quelque sorte attendu, voire cherché, par un être auquel je prête tant de charmes, le fait que cette idée vient de se découvrir des bases réelles ne peut manquer de me précipiter dans un abîme de négations. De quoi suis-je capable en fin de compte et que ferai-je pour ne pas démériter d'un tel sort? Je vais devant moi mécaniquement, dans un grand bruit de grilles qu'on ferme. Aimer, retrouver la grâce perdue du premier instant où l'on aime... Toutes sortes de défenses se peignent autour de moi, des rires clairs fusent des années passées pour finir en sanglots, sous les grands battements d'ailes grises d'une nuit peu sûre de printemps. Peu sûre : c'est bien, en effet, toute l'insécurité qui est en moi dès que, cette nuit-là, je me reprends à lire dans l'avenir ce qui pourrait, ce qui devrait être si le cœur *disposait*. La liberté à l'égard des autres êtres, la liberté à l'égard de celui qu'on a été semble ne se faire alors si tentante que pour mieux m'accabler de ses défis. Qui m'accompagne à cette heure dans Paris sans me conduire et que, d'ailleurs, moi non plus, je ne conduis pas? Je ne me rappelle pas avoir éprouvé de ma vie si grande défaillance. Je me perds presque de vue, il me semble que j'ai été emporté à mon tour comme les figurants de la première scène. La conversation qui, tant que ma trop belle interlocutrice est demeurée assise en face de moi, glissait sans obstacle d'un sujet à l'autre, n'effleure plus maintenant que le masque des choses. Je me sens avec effroi la conduire à sombrer malgré moi dans l'artificiel. J'en suis réduit à m'arrêter de temps à autre pour immobiliser devant moi le visage que je ne puis supporter plus longtemps de voir s'offrir de profil, mais cette démarche enfantine ne me rend, à vrai dire, qu'une très courte assurance. Il me deviendrait peut-être brusquement impossible de faire un pas, sans le secours d'un bras qui vient s'unir à mon bras et me rappeler à la vie réelle en m'éclairant délicieusement de sa pression le contour d'un sein.

Tandis que nous nous attardons une heure plus tard dans les petites rues du quartier des Halles, j'éprouve d'autant plus durement l'éclipse de ce sein, commandée par les difficultés de la circulation à deux parmi les camions dans cette rumeur qui s'enfle sans cesse, qui monte comme la mer vers l'appétit immense du prochain jour. Mon regard, des magnifiques cubes blancs, rouges, verts des primeurs glisse malencontreusement sur le pavé luisant de déchets horribles. C'est aussi l'heure où des bandes de fêtards commencent à se répandre en ces lieux pour y finir la nuit dans quelque petit torchon renommé, jetant dans la cohue robuste et franche du travail la note noire, mousseuse et équivoque des tenues de soirées, des fourrures et des soies. Allons! C'est seulement dans les contes qu'il est impossible au doute de s'insinuer, qu'il n'est pas question de glisser sur une écorce de fruit. Je vois le mal et le bien dans leur état brut, le mal l'emportant de toute la facilité de la souffrance : l'idée qu'il est au loin, peut-être seul, recréateur de bien ne m'effleure même plus. La vie est lente et l'homme ne sait guère la jouer. Les possibilités d'atteindre l'être susceptible de l'aider à la jouer, de lui donner tout son sens, se perdent dans la carte des astres. Qui m'accompagne, qui me précède cette nuit encore une fois? Demain reste fait de déterminations bon gré mal gré acceptées sans tenir compte de ces boucles charmantes, de ces chevilles pareilles à des boucles. Il serait temps encore de reculer.

Quel avertisseur fonctionnera jamais pour faire entendre la voix de la déraison, si je parle le langage qu'on m'a appris, et soutenir que demain sera *autre*, qu'il s'est mystérieusement, complètement déchiré d'hier? J'étais de nouveau près de vous, ma belle vagabonde, et vous me montriez en passant la Tour Saint-Jacques sous son voile pâle d'échafaudages qui, depuis des années maintenant, contribue à en faire plus encore le grand monument du monde à l'irrévélé. Vous aviez beau savoir que j'aimais cette tour, je revois encore à ce moment toute une existence violente s'organiser autour d'elle pour nous comprendre, pour contenir l'éperdu dans son galop nuageux autour de nous :

A Paris la Tour Saint-Jacques chancelante
Pareille à un tournesol[1]

ai-je dit assez obscurément pour moi dans un
poème, et j'ai compris depuis que ce balancement
de la tour était surtout le mien entre les deux sens
en français du mot *tournesol,* qui désigne à la fois
cette espèce d'hélianthe, connue aussi sous le nom
de grand soleil et le réactif utilisé en chimie, le
plus souvent sous la forme d'un papier bleu qui
rougit au contact des acides. Toujours est-il que
le rapprochement ainsi opéré rend un compte
satisfaisant de l'idée complexe que je me fais de
la tour, tant de sa sombre magnificence assez
comparable à celle de la fleur qui se dresse généralement comme elle, très seule, sur un coin de
terre plus ou moins ingrat que des circonstances
assez troubles qui ont présidé à son édification
et auxquelles on sait que le rêve millénaire de la
transmutation des métaux est étroitement lié. Il
n'est pas jusqu'au virement du bleu au rouge en
quoi réside la propriété spécifique du tournesol-
réactif dont le rappel ne soit sans doute justifié
par analogie avec les couleurs distinctives de
Paris, dont, au reste, ce quartier de la Cité est le
berceau, de Paris qu'exprime ici d'une façon tout

1. Cf. *Le Revolver à cheveux blancs* (Denoël et Steele,
édit.).

9. *Cette espèce d'hélianthe* (p. 70)

PHOTO MAN RAY

10. *Les petites rues du quartier des halles* (p. 68)
PHOTO BRASSAÏ

particulièrement organique, *essentielle,* son Hôtel de Ville que nous laissons sur notre gauche en nous dirigeant vers le Quartier Latin. Je cède à l'adorable vertige auquel m'inclinent peut-être ces lieux où tout ce que j'aurai le mieux connu a commencé. J'en suis quitte brusquement avec ces représentations antérieures qui menaçaient tout à l'heure de me réduire, je me sens libéré de ces liens qui me faisaient croire encore à l'impossibilité de me dépouiller, sur le plan affectif, de mon personnage de la veille. Que ce rideau d'ombres s'écarte et que je me laisse conduire sans crainte vers la lumière! Tourne, sol, et toi, grande nuit, chasse de mon cœur tout ce qui n'est pas la foi en mon étoile nouvelle!

Le bon vent qui nous emporte ne tombera peut-être plus puisqu'il est dès maintenant chargé de parfums comme si des jardins s'étageaient au-dessus de nous. Nous touchons en effet le Quai aux Fleurs à l'heure de l'arrivage massif des pots de terre roses, sur la base uniforme desquels se prémédite et se concentre toute la volonté de séduction active de demain. Les passants matinaux qui hanteront dans quelques heures ce marché perdront presque tout de l'émotion qui peut se dégager au spectacle des étoffes végétales lorsqu'elles font vraiment connaissance avec le pavé de la ville. C'est merveille de les voir une dernière fois rassemblées par espèces sur le toit des voitures qui les amènent, comme elles sont nées si semblables les unes aux autres de l'ensemencement. Tout engourdies aussi par la nuit et si pures encore de tout contact qu'il semble que c'est par immenses dortoirs qu'on les a transportées. Sur le sol pour moi à nouveau immobilisées. elles reprennent aussitôt leur sommeil, serrées les unes contre les autres et jumelles à perte de vue. C'est bientôt juin et l'héliotrope penche sur les miroirs ronds et noirs du terreau mouillé ses milliers de crêtes. Ailleurs les bégonias recomposent patiemment leur grande rosace de vitrail, où domine le rouge solaire, qui éteint un peu plus, là-bas, celle de Notre-Dame. Toutes les fleurs, à commencer même par les moins exubérantes de ce climat, conjuguent à plaisir leur force comme pour me rendre toute la jeunesse de la sensation. Fontaine claire où tout le désir d'entraîner avec moi un être nouveau se reflète et vient boire, tout le désir de reprendre à deux, puisque cela n'a encore pu se faire, le chemin perdu au sortir de l'enfance et qui glissait, embaumant la femme encore inconnue, la femme à venir, entre les prairies. Est-ce enfin vous cette femme, est-ce seulement aujourd'hui que vous deviez venir? Tandis que, comme en rêve, on étale toujours devant nous d'autres parterres, vous vous penchez longuement sur ces fleurs enveloppées d'ombre comme si c'était moins pour les respirer que pour leur ravir leur secret et un tel geste, à lui seul, est la plus émouvante réponse que vous puissiez faire à cette question que je ne vous pose pas. Cette profusion de richesses à nos pieds ne peut manquer de s'interpréter comme un luxe d'avances que me fait à travers elle, plus encore nécessairement à travers vous, la vie. Et d'ailleurs, vous si blonde, physiquement si attirante au crépuscule du matin, c'est trop peu dire qu'ajouter que vous ne faites qu'un avec cet épanouissement même.

. . . .

C'est d'ici que tout repart, d'ici que rayonnent — il faut se taire — trop de raisons de mêler dans le récit tous les temps du verbe être. J'y consentirai probablement un jour lorsqu'il s'agira d'établir, comme je me le propose, que l'amour véritable n'est sujet à aucune altération appréciable dans la durée. Seule l'adaptation plus ou moins résignée aux conditions sociales actuelles est de nature à faire admettre que la fantasmagorie de l'amour est uniquement fonction du manque de connaissance où l'on est de l'être aimé, je veux dire passe pour prendre fin de l'instant où cet être ne se dérobe plus. Cette croyance à la désertion rapide, en pareil cas, de l'esprit, en tout ce qui regarde l'exercice de ses facultés les plus exaltantes et les plus rares, ne peut naturellement être mise au compte que d'un reliquat le plus souvent atavique d'éducation religieuse, qui veille à ce que l'être humain soit toujours prêt à différer la possession de la vérité et du bonheur, à reporter toute velléité d'accomplissement intégral de ses désirs dans un « au-delà » fallacieux qui, à plus ample informé, s'avère, comme on l'a fort bien dit, n'être d'ailleurs qu'un « en-deçà ». Quelle que soit ma volonté mainte fois exprimée de réagir contre cette manière de voir, il ne m'appartient pas d'en faire justice à moi seul et je me bornerai aujourd'hui, en passant, à déplorer les sacrifices continus qu'ont cru, depuis plusieurs siècles, devoir accepter de lui faire les poètes. C'est toute la conception moderne de l'amour qui serait pourtant à reprendre, telle qu'elle s'exprime vulgairement mais d'une manière très transparente dans des mots comme « coup de foudre » ou « lune de miel ». Toute cette météorologie de pacotille a beau, par surcroît, être teintée de la plus sordide ironie réactionnaire, mon intention n'est pas de la mettre plus longtemps en cause pour cette fois. C'est en effet de la considération de ce qui s'est passé pour moi *ce premier jour* et du retour ultérieur, à cette occasion, sur certaines prémisses déjà anciennes, au demeurant très inexplicables, des faits en question, que j'entends faire jaillir une lueur nouvelle. C'est seulement par la mise en évidence du rapport étroit qui lie ces deux termes, le réel, l'imaginatif, que j'espère porter un coup nouveau à la distinction, qui me paraît de plus en plus mal fondée, du subjectif et de l'objectif[1]. C'est seulement de la méditation qu'on peut faire porter sur ce rapport que je demande si l'idée de *causalité* ne sort pas complètement hagarde. C'est seulement, enfin, par le soulignement de la coïncidence continue, parfaite, de deux séries de faits tenues, jusqu'à nouvel ordre, pour rigoureusement indépendantes, que j'entends justifier et préconiser, toujours plus électivement, le *comportement lyrique* tel qu'il s'impose à tout être, ne serait-ce qu'une heure durant dans l'amour et tel qu'a tenté de le systématiser, à toutes fins de divination possibles, le surréalisme.

Un des premiers matins qui suivirent cette longue promenade nocturne dans Paris, je procédais à ma toilette sans accorder à ces derniers épisodes la moindre attention consciente. J'ai d'ailleurs coutume de n'agiter pour moi-même, à ce moment, aucune des questions qui m'importent. En général mon esprit demeure tout abandonné à la distraction, au point de ne s'occuper qu'à rassembler quelques paroles de chanson — le souvenir musical me faisant presque

1. Cf. *Point du Jour* (N.R.F., édit.) : « Le Message automatique ».

complètement défaut — paroles auxquelles il m'arrive de prêter une trame vocale extrêmement timide surtout quand elles me sont parvenues portées par de très vieux airs ou encore lorsque s'y joue le soleil de dix heures des opérettes d'Offenbach. D'autres fois ce sont des poèmes qui se recomposent ainsi plus ou moins lentement, et le plus remarquable en ce qui les concerne est qu'ils surgissent à ma mémoire presque toujours précédés de l'intonation que je donne à leur lecture à haute voix, dont au reste quelque chose persiste aussi à la lecture des yeux. Je me suis souvent étonné, à ce propos, de me faire une idée si précise de leur valeur avant même qu'ils aient commencé à s'organiser, d'éprouver pour leur auteur, que rien encore ne me désigne, une sympathie ou une antipathie très caractéristique à la seule approche de ce murmure, sentiment qui ne manque jamais de se légitimer par la suite. Ce matin-là il n'en allait pas tout à fait de même en ce sens que ce poème était de moi — je le reconnaissais sans enthousiasme — : c'étaient plutôt de courts fragments, de vagues tronçons d'un poème paru jadis sous ma signature qui essayaient de se rejoindre sans résultat. Je saurais mal dire aujourd'hui quels étaient ceux qui tentaient le plus complaisamment de se faire détailler, de la manière qu'ont les animaux, les chiens, les chouettes, les singes, de proférer certaines appréciations nostalgiques de sens dans l'air ambiant qui est aussi le nôtre, mais nos oreilles sont ourlées du mauvais côté ou je n'y suis plus. Ce poème avait ceci de particulier qu'il ne me plaisait pas, qu'il ne m'avait jamais plu, au point que j'avais évité de le faire figurer dans deux recueils plus tard : un livre dans lequel j'avais eu dessein de réunir à d'autres ce que je tenais pour mes meilleurs poèmes d'alors, d'une part; une *Petite Anthologie poétique du surréalisme*, d'autre part. Et pourtant les « poèmes » que j'ai écrits sont si peu nombreux que je n'avais guère le choix. Il s'agissait, en l'espèce, d'un poème *automatique :* tout de premier jet ou si peu s'en fallait qu'il pouvait passer pour tel en 1923, quand je lui donnai place dans *Clair de Terre.* Pour tout critiqué et peut-être obscurément renié qu'il eût été par la suite, je ne vois guère pourtant le moyen de parler des citations involontaires, haletantes, que je m'en faisais tout à coup, autrement que de ces phrases du présommeil dont j'ai été amené à dire en 1924, dans le *Manifeste du Surréalisme,* qu'elles « cognaient à la vitre ». Ces citations, il faut bien en convenir, y cognaient encore, elles, très faiblement et il me fallut, l'après-midi du même jour, sortir et errer seul, pour constater qu'un besoin remarquable de cohésion s'était très tôt emparé d'elles, qu'elles ne me feraient pas grâce tant qu'elles n'auraient pas été restituées au tout, organique ou non, auquel elles appartenaient. C'est ainsi que je fus conduit, seulement le soir, à rouvrir un de mes livres à la page où je savais les relever. Cette concession à tout ce que je ne voulais jusqu'alors pas savoir devait être une suite ininterrompue, fulgurante, de découvertes :

TOURNESOL

A Pierre Reverdy

La voyageuse qui traversa les Halles à la tombée de
Marchait sur la pointe des pieds |l'été
Le désespoir roulait au ciel ses grands arums si beaux
Et dans le sac à main il y avait mon rêve ce flacon de
Que seule a respirés la marraine de Dieu |sels
Les torpeurs se déployaient comme la buée
Au Chien qui fume
Où venaient d'entrer le pour et le contre |de biais
La jeune femme ne pouvait être vue d'eux que mal et
Avais-je affaire à l'ambassadrice du salpêtre
Ou de la courbe blanche sur fond noir que nous appe-
Le bal des innocents battait son plein |lons pensée
Les lampions prenaient feu lentement dans les mar-
                              |ronniers
La dame sans ombre s'agenouilla sur le Pont-au-
                              |Change
Rue Gîl-le-Cœur les timbres n'étaient plus les mêmes
Les promesses des nuits étaient enfin tenues
Les pigeons voyageurs les baisers de secours
Se joignaient aux seins de la belle inconnue

Dardés sous le crêpe des significations parfaites
Une ferme prospérait en plein Paris
Et ses fenêtres donnaient sur la voie lactée
Mais personne ne l'habitait encore à cause des sur-
|venants
Des survenants qu'on sait plus dévoués que les reve-
|nants
Les uns comme cette femme ont l'air de nager
Et dans l'amour il entre un peu de leur substance
Elle les intériorise
Je ne suis le jouet d'aucune puissance sensorielle
Et pourtant le grillon qui chantait dans les cheveux
|de cendres
Un soir près de la statue d'Étienne Marcel
M'a jeté un coup d'œil d'intelligence
André Breton a-t-il dit passe

Essayant de situer avec précision ce poème dans le temps, je crois pouvoir m'assurer qu'il a été écrit en mai ou juin 1923 à Paris. Il eût été pour moi de toute nécessité d'en retrouver le manuscrit, peut-être daté, mais celui-ci doit demeurer en la possession d'une personne à qui il m'en coûte trop de l'emprunter. En particulier, il me serait extrêmement précieux de savoir s'il ne comporte aucune rature car j'ai encore présente à l'esprit l'hésitation qui dut être la mienne au moment d'y placer certains mots. Il me paraît hors de doute que deux ou trois retouches ont été faites après coup à la version originale, et cela dans l'intention — finalement si regrettable — de rendre l'ensemble plus homogène, de limiter la part d'obscurité immédiate, d'apparent arbitraire que je fus amené à y découvrir la première fois que je le lus. Ce poème s'est toujours présenté à moi comme *réellement inspiré* en ce qui regarde l'action très suivie qu'il comporte, mais cette inspiration, sauf dans le dernier tiers de « Tournesol » ne m'a jamais paru être allée sans quelque avanie dans la trouvaille des mots. Sous le rapport de l'expression, un tel texte offre à mes yeux, à mon oreille, des faiblesses, des lacunes. Mais que dire de mon effort ultérieur pour y remédier? Je me convaincs sans peine aujourd'hui de son profond insuccès. L'activité critique, qui m'a suggéré ici *a posteriori* certaines substitutions ou additions de mots, me fait tenir maintenant ces corrections pour des fautes : elles n'aident le lecteur en rien, au contraire, et elles ne parviennent, de-ci de-là, qu'à porter gravement préjudice à l'authenticité. Je prendrai pour exemples *certains* de ces légers remaniements (ils m'ont si peu satisfait qu'ils subsistent à mon regard comme des taches ineffaçables au bout de treize ans) l'introduction du complément *d'eux* entre *vue* et *que mal* au neuvième vers, le remplacement de *à* par *de* au début du onzième. Je ne me dissimule pas davantage que le mot *dévoués* figure, au vingt-troisième, à la place d'un autre (peut-être du mot *dangereux*, en tout cas d'un mot que la plume s'est refusé à tracer sous prétexte qu'il eût produit une impression puérile à côté du mot *revenants; dévoués*, en tout cas, est ici vide de tout contenu, c'est une épithète postiche. Mieux eût encore valu laisser ici trois points).

Ces menues réserves faites, je crois possible de confronter l'aventure purement imaginaire qui a pour cadre le poème ci-dessus et l'accomplissement tardif, mais combien impressionnant par sa rigueur, de cette aventure sur le plan de la vie. Il va sans dire, en effet, qu'en écrivant le poème « Tournesol » je n'étais soutenu par aucune représentation antérieure qui m'expliquât la direction très particulière que j'y suivais. Non seulement « la voyageuse », « la jeune femme », « la dame sans ombre » demeurait alors pour moi une créature sans visage, mais j'étais, par rapport au dévidement circonstanciel du poème, privé de toute base d'orientation. Nécessairement, l'injonction finale, très mystérieuse, n'en prenait à mes yeux que plus de poids et c'est sans doute à elle, comme un peu aussi au caractère minutieux du récit de quelque chose *qui ne s'est pourtant pas passé*, que le poème, par moi tenu longtemps pour très peu satisfaisant, doit de n'avoir pas été, comme d'autres, aussitôt détruit.

La voyageuse marchant sur la pointe des pieds : Il est impossible de ne pas reconnaître en elle la passante à ce moment très silencieuse du 29 mai 1934. La « tombée de l'été » : tombée du jour et tombée de la nuit sont, comme on sait, synonymes. L'arrivée de la nuit est donc, à coup sûr, bien enclose dans cette image où elle se combine avec l'arrivée de l'été.

Le désespoir : A ce moment, en effet, immense, à la mesure même de l'espoir qui vient de se fonder, de fondre si brusquement et qui va renaître. Je me sens perdre un peu de mon assurance en présence de la signification sexuelle des arums et du sac à main qui, bien qu'elle cherche à s'abriter derrière des idées délirantes de grandeur : les étoiles, la « marraine de Dieu » (?), n'en est pas moins manifeste. Le « flacon de sels » dont il est question, est d'ailleurs, à ce jour, le seul élément du poème qui ait déjoué ma patience, ma constance interprétative. Je demeure encore aujourd'hui très hostile à ces quatrième et cinquième vers qui ont été presque pour tout dans la défaveur où j'ai tenu longtemps ce « Tournesol ». Je n'en ai pas moins, comme on verra plus loin, trop de raisons d'admettre que ce qui se dégage de l'analyse le plus lentement est le plus simple et ce à quoi il faut accorder le plus de prix pour ne pas penser qu'il s'agit là d'une donnée essentielle, qui me deviendra transparente quelque jour.

Le Chien qui fume : C'était pour moi le nom typique d'un de ces restaurants des Halles dont j'ai parlé. Les « torpeurs » ne sont sans doute, en l'occurrence, que la mienne : je ne me cacherai pas d'avoir éprouvé alors un grand besoin de fuir, de me réfugier dans le sommeil, pour couper court à certaines décisions que je craignais d'avoir à prendre. Ce qu'il était jusqu'à ce jour advenu de moi luttait, je crois l'avoir suffisamment fait entendre, contre ce qu'il pouvait encore en advenir. La commodité de la vie du lendemain telle qu'elle était préalablement définie, le souci de ne pas avoir à attenter à l'existence morale de l'être irréprochable qui avait vécu les jours précédents auprès de moi, joints à la nouveauté et au caractère irrésistible de l'attrait que je subissais (« le pour et le contre ») me maintenaient dans un état d'ambivalence des plus pénibles.

Mal et de biais : Je me suis expliqué sur cet inconvénient très sensible, résultant pour moi de la marche.

Les deux hypothèses sur la nature de la passante, le sens de son intervention : C'était bien ainsi que je me les formulais : la tentation qui, pour moi, se dégage d'elle se confond-elle avec celle, toujours si grande, du danger? Ne brille-t-elle pas, par ailleurs, comme le phosphore, de tout ce que mon esprit recèle d'intentions particulières (je répète que ces intentions plus que jamais s'étaient donné libre cours dans le texte dit : « La beauté sera convulsive » écrit quelques jours plus tôt).

Le bal des innocents : On approche, à n'en pas douter, de la Tour Saint-Jacques. Le charnier des Innocents, transformé plus tard en marché et que n'évoque plus concrètement que la fontaine centrale du square du même nom, avec les naïades de Jean Goujon — qui me font l'effet d'avoir présidé au plus bel enchantement de cette histoire — sert ici à introduire Nicolas Flamel qui y fit dresser à la fin du xive siècle la fameuse arcade à ses initiales (sur cette arcade on sait qu'il avait fait peindre un homme tout noir tourné vers une plaque dorée sur laquelle était figurée Vénus ou Mercure ainsi qu'une éclipse du soleil et de la lune; cet homme tendait à bout de bras un rouleau recouvert de l'inscription : « Je vois merveille dont moult je m'esbahis »).

Les lampions : C'est seulement des semaines après sa rencontre que j'ai appris qu'au music-hall où paraissait ma compagne de cette première nuit, le directeur de l'établissement l'avait un jour appelée publiquement Quatorze Juillet et que ce surnom, à cet endroit, lui était resté. On a pu me voir, en l'approchant, associer la lumière des marronniers à ses cheveux.

Le Pont-au-Change : L'exactitude de cet épisode, le mouvement qu'il dépeint si bien vers les fleurs sont trop frappants pour que j'insiste.

Rue Gît-le-Cœur : Rien ne servirait non plus de commenter si peu que ce soit le nom de cette rue, qui fait violemment contraste avec le sentiment exprimé sans aucune retenue dans le vers qui suit.

Les pigeons voyageurs : C'est par son cousin, avec qui je me suis trouvé naguère en contact d'idées, que, me confia-t-elle, elle avait entendu pour la première fois parler de moi; c'est lui qui lui avait inspiré le désir de connaître mes livres, comme eux, à leur tour, lui avaient laissé le désir de me connaître. Or, ce jeune homme accomplissait à cette époque son service militaire et j'avais reçu de lui, quelques jours plus tôt, une lettre timbrée de Sfax, portant le cachet du centre *colombophile* auquel il était détaché.

Les baisers de secours : Tout assimilés qu'ils sont aux pigeons voyageurs, ils rendent compte, de la manière la moins figurée, de la nécessité que j'éprouve d'un geste auquel cependant je me refuse, nécessité qui n'est pas étrangère aux stations que j'ai mentionnées dans la rue. Les baisers, ici, n'en sont pas moins placés sur le plan de la possibilité par leur situation entre les pigeons voyageurs (idée d'une personne favorable) et les seins dont, au cours du récit, j'ai été amené à dire qu'ils m'ôtaient tout courage de renoncer.

Une ferme en plein Paris : Toute la campagne fait à ce moment irruption dans le poème, en résolution naturelle de ce qui n'était jusque-là qu'obscurément souhaité. Il n'est pas jusqu'à l'idée d'exploitation agricole contenue dans le mot « ferme » qui ne trouve à se vérifier au spectacle qu'offre fugitivement, à cette heure de la nuit, le Marché aux Fleurs.

Les survenants (par opposition aux *revenants*) : Les inquiétudes qui se manifestent dans le poème dès l'arrivée de ce mot (sa répétition immédiate, le lapsus tout proche que j'ai signalé) me paraissent avoir pour point de départ l'émotion exprimée, à la nouvelle de cette rencontre, par la femme qui partageait ma vie à l'idée que je pouvais rechercher la société d'une femme nouvelle (par contre elle supportait de bonne grâce que je désirasse revoir une autre femme, à qui je gardais une grande tendresse).

L'air de nager : Chose très remarquable, bien après que je me fusse fortifié dans la certitude que, sur tous les autres points, « Tournesol » devait être tenu par moi pour un poème *prophétique,* j'avais beau tenter de réduire cette bizarre observation, impossible de lui accorder la plus faible valeur d'indice. J'attirerai l'attention sur le fait que le vers auquel je me reporte m'avait, d'emblée, paru mal venu. Il faut dire qu'il avait eu tout de suite à pâtir du rapprochement qui s'était imposé à moi entre lui et un vers de Baudelaire et que, si j'admirais qu'on eût pu rapporter la démarche féminine à la danse, je jugeais beaucoup moins heureux de l'avoir rapportée à la natation. Je ne sais ce qui put me dérober si longtemps le contenu véritable, tout autre, le sens particulièrement direct de ces mots : le « numéro » de music-hall dans lequel la jeune femme paraissait alors quotidiennement était un numéro de natation. « L'air de nager », dans la mesure même où il s'est opposé pour moi à « l'air de danser » d'une femme qui marche, semble même désigner ici *l'air de danser sous l'eau* que, comme moi, ceux de mes amis qui

l'ont vue par la suite évoluer dans la piscine lui
ont trouvé généralement.

Elle les intériorise : En concentrant en elle
toute la puissance de ces « survenants » sans
m'aider pour cela à me faire une idée précise de
la sorte d'intérêt qu'elle me porte, elle est à ce
moment d'autant plus périlleuse que plus silencieuse, plus secrète.

D'aucune puissance sensorielle : La forme
extrêmement rapide et prosaïque de cette décla-
ration me paraît, à l'égard des mouvements par
lesquels j'ai passé cette nuit-là, très caractéristique. Distraite des conditions de projection du
poème dans la vie réelle longtemps après, il me
serait impossible de ne pas la tenir pour gratuite
et intempestive. Mais, d'une manière en apparence tout occasionnelle, elle marque ici le point
culminant de mon agitation intérieure : je viens
de parler de l'amour, toutes les forces de sublima-
tion se hâtent d'intervenir et déjà je me défends
anxieusement de me laisser abuser par le désir.

Le grillon : La première fois qu'à Paris j'en-
tendis chanter un grillon, ce fut à peu de jours
de là, dans la chambre même qu'habitait l'esprit
animateur de la nuit de printemps que j'ai contée.
La fenêtre de cette chambre, dans un hôtel de la
rue du Faubourg-Saint-Jacques, donnait sur la

11. *A Paris la Tour Saint-Jacques chancelante...* (p. 70)

PHOTO BRASSAÏ

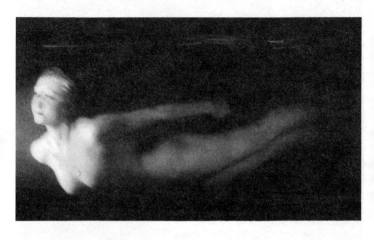

12. *L'air de nager...* (p. 89)
PHOTO ROGI ANDRÉ

cour de la Maternité, où l'insecte devait être caché. Il continua, par la suite, à manifester sa présence tous les soirs. Je n'ai pu me défendre, plus tard, en évoquant cette cour, de considérer comme un très frappant présage de ma venue à cet endroit l'anecdote que je rapporte, page 92 des *Vases communicants* (accompagnant une jeune fille dans la rue, je confonds l'hôpital Lariboisière avec la Maternité). Pourtant je n'avais alors aucun moyen de me faire une représentation concrète de ce lieu : les magnifiques cris de supplice et de joie qui en partent à toute heure ne m'étaient pas encore parvenus. Mais ce grillon surtout, ce grillon à l'audition si importante duquel me convient pour finir les deux itinéraires combinés du poème et de la promenade, quel est-il et que tend-il à symboliser dans tout ceci? J'y ai souvent réfléchi depuis lors et, chaque fois, je n'ai réussi à faire surgir à mon esprit que ce passage de Lautréamont : « N'avez-vous pas remarqué la gracilité d'un joli grillon, aux mouvements alertes, dans les égouts de Paris? Il n'y a que celui-là : c'était Maldoror! Magnétisant les florissantes capitales, avec un fluide pernicieux, il les amène dans un état léthargique où elles sont incapables de se surveiller comme il le faudrait [1]. » Magnétisant les florissantes capitales... avec un fluide pernicieux... Il est trop

1. *Les Chants de Maldoror*, chant sixième.

clair, en tout cas, que le grillon, dans le poème comme dans la vie, intervient pour lever tous mes doutes. La statut d'Étienne Marcel, flanquant une des façades de l'Hôtel de Ville, sert sans doute à désigner dans le poème le cœur de Paris battant dans la promenade, comme on l'a vu, à l'unisson du mien.

. . . .

J'ai insisté, tout spécialement dans *Les Vases communicants,* sur le fait que l'auto-analyse est, à elle seule, dans bien des cas, capable d'*épuiser* le contenu des rêves et que cette analyse, pour peu qu'elle soit assez poussée, ne laisse de côté aucun *résidu* qui permette d'attribuer à l'activité onirique un caractère transcendantal. Par contre, il me semble avoir obliqué trop vite lorsqu'il s'est agi pour moi de faire saisir que, pareillement, l'auto-analyse pouvait parfois épuiser le contenu des événements réels, au point de les faire dépendre entièrement de l'activité antérieure la moins dirigée de l'esprit. Le souci que j'avais, sur le plan révolutionnaire, de ne pas me couper les voies de l'action pratique, m'a peut-être retenu d'aller jusqu'au bout de ma pensée, eu égard à la difficulté de faire admettre à la plupart des révolutionnaires *de ce temps* un point de vue aussi rigoureusement dialectique. Le passage à l'action pratique ne m'ayant pas pour cela été permis, je n'éprouve aujourd'hui aucun scrupule à y revenir, d'autant que je crois disposer cette fois d'un document beaucoup plus probant que celui sur lequel je m'étais alors appuyé.

Je dis qu'il n'est rien de ce poème de 1923 qui n'ait été annonciateur de ce qui devait se passer de plus important pour moi en 1934. Resterait-il un doute touchant seulement la nécessité future de la dédicace du poème que ce doute, comme on va voir, s'évanouirait. Moins de deux mois après ce que j'ai appelé « la nuit du tournesol » — c'était exactement le 23 juillet au matin — je m'étais longuement entretenu avec René Char et Paul Éluard des bouleversantes concordances dont il vient de s'agir, puis je les avais quittés pour aller déjeuner au restaurant. Le restaurant le plus proche n'était autre que celui dont j'ai parlé à la fin du premier chapitre de ce livre à propos d'un dialogue à grande ramification poétique que j'y avais surpris le 10 avril. Je n'avais fait encore que quelques pas pour m'y rendre quand je me ravisai par crainte de me trouver trop seul à cet endroit que, depuis longtemps, l'étrange servante dont j'ai parlé n'éclairait plus de son sourire de jolie chèvre, très ambigu. Quand je rejoignis mes amis, je les trouvai encore en train d'épiloguer sur ce que nous venions de dire. Char, en particulier, avait soulevé la question de cette dédicace en remarquant que les deux seuls poèmes que j'eusse dédiés à Pierre Reverdy portaient respectivement les titres apparentés de « Clé de sol » et « Tournesol ». Je ne pouvais à ce moment en proposer d'autre explication rationnelle que celle-ci : j'ai toujours aimé ce nom, Pierre Reverdy, auquel j'ai dû jadis donner inconsciemment ce prolongement : pierre qui ne roule plus, pierre qui amasse mousse. L'idée d'une telle pierre m'est visuellement très agréable, elle est encore fortifiée en moi par le souvenir de cette rue *des Saules*, construite en torrent, que j'escaladais toujours avec joie pour aller voir Reverdy certains matins de 1916 et 17. Je dois dire, par ailleurs, que dans ma mémoire chante aussi, souvent, ce vers de lui :

Un poing sur la réalité bien pleine

vers que j'espère ne pas citer inexactement et qui est celui en quoi se résume le mieux l'enseignement qu'a été pour moi sa poésie. Il n'y aurait par suite rien d'extraordinaire à ce que le mot « sol » (toucher le sol, ne pas perdre pied) se fût associé dans mon esprit plus particulièrement à ce nom d'homme et je suis prêt à croire qu'il a pour fonction de rétablir, dans le cas des deux poèmes, l'équilibre rompu tout particulièrement au profit de l'éperdu (« Clé de sol » transpose l'émotion que j'ai éprouvée à l'annonce de la mort de Jacques Vaché). Deux heures environ après la reprise de cette conversation, Char, qui m'avait accompagné à la mairie du xviie arrondissement, devait me signaler, au mur faisant face au guichet où j'attendais qu'on me remît une pièce d'état civil, une affiche, unique, portant en gros caractères noirs sur fond blanc ces mots qui m'ont paru alors si décisifs : « Legs de Reverdy. »

Il ne me reste, pour avoir tout à fait mis en valeur le conditionnement purement spirituel de cette merveilleuse aventure, qu'à ramener vivement l'attention sur le caractère irrationnel du dialogue du 10 avril auquel je fais plus haut allusion et sur le besoin, à peine moins irrationnel, que j'ai éprouvé de le reproduire sans commentaire à la fin d'un texte essentiellement théorique. On voudra bien se reporter à cette scène remarquablement alerte et mystérieuse, dont le déroulement est commandé par ces paroles non moins impératives que dans le poème celles du grillon : « Ici, l'Ondine. » Tout se passe comme si la seule naïade, la seule ondine vivante de cette histoire, toute différente de la personne interpellée qui, d'ailleurs, sur ces entrefaites, allait disparaître, n'avait pu faire autrement que se rendre à cette sommation et une autre preuve en est qu'elle tenta à cette époque de louer un appartement dans la maison faisant rigoureusement face au restaurant dont il s'agit, avenue Rachel.

Le 14 août suivant, j'épousais la toute-puissante ordonnatrice de la nuit du tournesol.

V

Le pic du Teide à Tenerife est fait des éclairs du petit poignard de plaisir que les jolies femmes de Tolède gardent jour et nuit contre leur sein.

On y accède par un ascenseur de plusieurs heures, le cœur virant insensiblement au rouge blanc, les yeux qui glissent jusqu'à occlusion complète sur la succession des paliers. Laissées au-dessous les petites places lunaires avec leurs bancs arqués autour d'une vasque dont le fond apparaît à peine plus luisant sous le poids d'une bague d'eau et l'écume illusoire de quelques cygnes, le tout découpé dans la même céramique bleue à grandes fleurs blanches. C'est là, tout au fond du bol, sur le bord duquel ne glissera plus au matin pour le faire chanter que le vol libre du canari originaire de l'île, c'est là qu'au fur et à mesure que la nuit tombe accélère sa gamme le talon de la très jeune fille, le talon qui commence à se hausser d'un secret. Je songe à celle que Picasso a peinte il y a trente ans, dont d'innombrables répliques se croisent à Santa Cruz d'un trottoir à l'autre, en toilettes sombres, à ce regard ardent qui se dérobe pour se ranimer sans cesse ailleurs comme un feu courant sur la neige. La pierre incandescente de l'inconscient sexuel, départicularisée au possible, tenue à l'abri de toute idée de possession immédiate, se reconstitue à cette profondeur comme à nulle autre, tout se perd dans les dernières qui sont aussi les premières modulations du phénix inouï. On a dépassé la cime des flamboyants à travers lesquels transparaît son aile pourpre et dont les mille rosaces enchevêtrées interdisent de percevoir plus longtemps la différence qui existe entre une feuille, une fleur et une flamme. Ils étaient comme autant d'incendies qui se fussent épris des maisons, contentés d'exister près d'elles sans les étreindre. Les fiancées brillaient aux fenêtres, éclairées d'une seule branche indiscrète, et leurs voix, alternant avec celles des jeunes hommes qui brûlaient en bas pour elles, mêlaient aux parfums déchaînés de la nuit de mai un murmure inquiétant, vertigineux comme celui qui peut signaler sur la soie des déserts l'approche du Sphinx. La question qui soulevait gracieusement à pareille heure tant de poitrines n'était en effet rien moins, posée dans les conditions *optima* de temps et de lieu, que celle de l'avenir de l'amour — que celle de l'avenir d'un seul et, par là même, de tout amour.

On a dépassé la cime des flamboyants et déjà il faut tourner la tête pour voir vaciller leur rampe rose sur ce coin de fable éternelle. L'arène s'est déroulée à son tour selon la volute des chemins poudreux qu'ont remontés le dimanche précédent les acclamations de la foule, à cette minute où l'homme, pour concentrer sur lui toute la fierté des hommes, tout le désir des femmes, n'a qu'à tenir au bout de son épée la masse de bronze au croissant lumineux qui réellement *tout à coup* piétine, le taureau admirable, aux yeux étonnés. C'était alors le sang, non plus cette eau vitrée d'aujourd'hui, qui descendait en cascades vers la mer. Les petits enfants de la terrasse n'avaient d'yeux que pour le sang, on les avait menés là sans doute dans l'espoir qu'ils s'accoutumassent à le répandre, aussi bien le leur que celui d'un monstre familier, dans le tumulte et l'étincellement qui excusent tout. Faute de pouvoir encore répandre le sang, ils répandaient le lait. Entre les floraisons martyres des cactées dont, de conserve avec la cochenille et la chèvre, ils veillaient à ne laisser à bonne distance des routes aucune palette intacte — il n'est rien comme ces plantes exposées à tous les affronts et disposant d'un si terrible pouvoir de cicatrisation pour entretenir la pensée de la misère — s'érige ici le chandelier à cent branches d'une euphorbe à tige aussi grosse que le bras mais trois fois plus longue, qui, sous le choc d'une pierre lancée, saigne abondamment blanc et se macule. Les petits enfants visent de loin cette plante avec délice et il faut convenir que c'est la plus troublante merveille que celle de la sécrétion ainsi provoquée. Rien de plus impossible que de ne pas y associer à la fois l'idée du lait maternel et celle de l'éjaculation. La perle impossible point et roule inexplicablement sur la face tournée vers nous de tel ou tel prisme hexagonal de velours vert. Le sentiment de culpabilité n'est pas loin. Invulnérable dans son essence, la touffe attaquée rejaillit toute neuve à perte de vue du champ de pierrailles. Ce n'est pas elle qui a le plus souffert de la souillure.

Lorsque, lancé dans la spirale du coquillage de l'île, on n'en domine que les trois ou quatre premiers grands enroulements, il semble qu'il se fende en deux de manière à se présenter en coupe une moitié debout, l'autre oscillant en mesure sur l'assiette aveuglante de la mer. Voici, dans le court intervalle de succession des superbes hydres laitières, les dernières maisons groupées au soleil, leurs façades crépies de couleurs inconnues en Europe comme une main de cartes aux dos merveilleusement dépareillés et baignés pourtant de la même lumière, uniformément déteints par le temps depuis lequel le jeu est battu. Le jeu de plusieurs générations de marins. Les blancs navires rêvent dans la rade, Arianes de par toute leur chevelure d'étoiles et leur aisselle de climats. Le paon immense de la mer revient faire la roue à tous les virages. Toute l'ombre relative, tout le cerné des cellules bourdonnantes de jour qui vont toujours se réduisant vers l'intérieur de la crosse, repose sur les plantations de bananiers noirs, aux fleurs d'usine d'où partent les cornes des jeunes taureaux. Toute l'ombre portée sur la mer est faite des grandes étendues de sable plus noir encore qui composent tant de plages comme celle de Puerto Cruz, voilettes interchangeables entre l'eau et la terre, pailletées d'obsidienne sur leur bord par le flot qui se retire. Sable noir, sable des nuits qui t'écoules tellement plus vite que le clair, je n'ai pu m'empêcher de trembler lorsqu'on m'a délégué le mystérieux pouvoir de te faire glisser entre mes doigts. A l'inverse de ce qui fut pour moi la limite de l'espérable à quinze ans, aller à l'inconnu avec une femme au crépuscule sur une route blanche, j'éprouve aujourd'hui toute l'émotion du but physique atteint à fouler avec celle que j'aime le lointain, le magnifique parterre couleur du temps où j'imaginais que la tubéreuse était noire.

Dernier regret au sable noir, non, car plus on s'élèvera, plus on assistera au resserrement de ses tiges mères, les grandes coulées de lave qui vont se perdre au cœur du volcan. Elles s'infléchissent au gré des forêts que chaussent ici les variétés multicolores d'orchis, des forêts qui tournent rapidement à la brousse. A la première approche de la fraîcheur, il est permis de s'arrêter et, de ce point où tout commence âprement à manquer, de faire surgir par enchantement le point le plus follement favorisé de l'île, de s'y reporter à vol d'oiseau.

Il me plaît d'en passer ici par cette forme toute fruste du désir. Rien de plus facile que, rentrant au plus profond du *moi* comme sans doute ce trop brusque appauvrissement de la nature m'y convie, me donner de ce point l'illusion de recréer le monde d'un seul coup. Nulle part ailleurs qu'à Tenerife je n'eusse pu tenir moins écartées les deux pointes du compas dont je touchais simultanément tout ce qui peut être retiré, tout ce qui peut être donné. Ce qui tendait à faire désespérément défaut valait surtout par ce qui existait si près à profusion. Je regrette d'avoir découvert si tard ces zones ultra-sensibles de la terre.

Au pied du Teide et sous la garde du plus grand dragonnier du monde la vallée de la Orotava reflète dans un ciel de perle tout le trésor de la vie végétale, épars autrement entre les contrées. L'arbre immense, qui plonge ses racines dans la préhistoire, lance dans le jour que l'apparition de l'homme n'a pas encore sali son fût irréprochable qui éclate brusquement en fûts obliques, selon un rayonnement parfaitement régulier. Il épaule de toute sa force intacte ces ombres encore vivantes parmi nous qui sont celles des rois de la faune jurassique dont on retrouve les traces dès que l'on scrute la libido humaine. J'aime que ce soit le dragonnier, dans son immobilité parfaite, le dragonnier faussement endormi qui se tienne au seuil du palais de feuillages qu'est le jardin climatologique de la Orotava prêt à défendre la réalité éternelle de tous les contes, cette princesse folle de palmes. Elle glisse, ou bien c'est toi qui glisses près de moi le long des allées en veilleuse. A peine sommes-nous entrés que tous les petits génies de l'enfance se sont jetés à notre cou. D'une petite fleur à transformation, notre très savant guide M. Bolinaga, qui préside au développement de tout ce faste, n'a, en effet, pas dédaigné de faire bondir sous nos yeux le lapin d'*Alice in Wonderland* et c'est la table de repas même d'Alice qui se déroula à perte de vue devant nous quand nous eûmes porté à notre bouche la tomate lilliputienne du *pitanga*, au goût exquis de poison.

13. *Tout engourdies aussi par la nuit...* (p. 74)

PHOTO BRASSAÏ

14. *De sable plus noir encore...* (p. 102)

Voici la longue feuille pointue, barbée de soie, dont elle devait se servir pour ses messages : il est impossible d'écrire plus distinctement à l'encre que sur cette lame de japon argenté. Point même ne serait besoin de l'arracher pour la recouvrir de caractères, elle pourrait partager ce sort avec toutes les autres feuilles semblables sans que la plante basse à laquelle elle appartient cessât de vivre. Songe au présent exorbitant que serait, jaillie d'un assez petit pot de terre, une lettre d'amour ainsi supportée... Après cette feuille vivante à laquelle on vient de voir Alice confier ses projets, il est impossible de s'attarder à lever dans le soleil une autre feuille, séchée celle-ci, mais telle un grand as de pique sans base découpé dans l'aile des cigales : ce doivent être ses souvenirs. Autrement gênant est de s'arracher à la contemplation de cette espèce autochtone, je crois, de *sempervivum* qui jouit de la propriété effrayante de continuer à se développer en n'importe quelles conditions et cela aussi bien à partir d'un fragment de feuille que d'une feuille : froissée, piquée, déchirée, brûlée, serrée entre les pages d'un livre à tout jamais fermé, cette écaille glauque dont on ne sait s'il convient en fin de compte de la serrer contre son cœur ou de l'insulter, se porte bien. Elle tente, au prix de quels révoltants efforts, de se reconstruire selon les probabilités détruites qui sont les siennes.

Elle est belle et confondante comme la subjectivité humaine, telle qu'elle ressort plus ou moins hagarde des révolutions de type égalitaire. Elle est non moins belle, non moins inextirpable que cette volonté désespérée d'aujourd'hui, qui peut être qualifiée de *surréaliste* aussi bien dans le domaine des sciences particulières que dans le domaine de la poésie et des arts, d'opérer à chaque instant la synthèse du rationnel et du réel, sans crainte de faire entrer dans le mot « réel » tout ce qu'il peut contenir d'irrationnel *jusqu'à nouvel ordre.* Elle n'est pas plus belle, elle n'est pas plus pauvre de raisons d'être et plus riche de devenir que la séparation dans l'amour, si courte soit-elle, que cette plaie délicieuse qui s'ouvre et se ferme sur une suite phosphorescente, séculaire de tentations et de dangers.

J'oubliais que, pour parer à toute velléité d'envahissement de la terre par le *sempervivum,* les hommes n'ont trouvé rien de mieux — à dire vrai rien d'autre — que de le faire bouillir.

Comme au terme d'un long voyage maritime, les passagers sur le point de débarquer interrogent les surprenantes pièces d'argent et d'or qui vont avoir cours, il est un pays de rêve — la Orotava — dans lequel on vous introduit en glissant dans votre main ces feuilles qui sont la monnaie bouleversante du sentiment. C'est que là, de ce côté de la mer, dans les limites d'un parc, en vase relativement clos si j'en juge de l'extérieur mais, dès qu'avec toi j'y suis entré, sur la pente d'un espoir sans fin — comme si je venais d'être transporté au cœur du monde même — non seulement le naturel et l'artificiel ont réussi à s'équilibrer d'une manière parfaite mais encore sont réunies électivement toutes les conditions de libre extension et de tolérance mutuelle qui permettent le rassemblement harmonieux des individus de tout un règne. On n'en sera plus jamais quitte avec ces frondaisons de l'âge d'or. Orphée a passé par là, entraînant côte à côte le tigre et la gazelle. Les lourds serpents se déroulent et choient autour du banc circulaire sur lequel nous nous sommes assis pour jouir du profond crépuscule qui trouve à midi le moyen de se partager le jardin avec le grand jour. Ce banc, qui fait le tour d'un arbre de plusieurs mètres de rayon, je brûle de l'appeler le banc des fièvres. L'odeur vireuse perce les entrelacs des peaux glissantes qui sans quitter l'arbre plongent dans le sol pour rejaillir à plusieurs mètres en arceaux terribles. Ce qui reste de lumière ne paraît produit que par les lointaines lampes trop blanches du *datura*, apparues à travers de rares mailles de l'enchevêtrement. La qualité de cette lumière la rend moins supportable que ne serait son absence en pareil lieu. On croit voir, éclatantes de pâleur, des robes du soir suspendues en l'air. C'est tout au fond du jour ou de la nuit, n'importe, quelque chose comme l'immense vestibule de l'amour physique tel qu'on souhaiterait le faire sans s'y reprendre jamais. Les rideaux tirés, les barreaux tordus, les yeux caressants des félins ponctuant seuls d'éclairs le ciel. Le délire de la présence absolue. Comment ne pas se surprendre à vouloir aimer ainsi, au sein de la nature réconciliée? Elles sont pourtant là les interdictions, les sonneries d'alarme, elles sont toutes prêtes à entrer en branle, les cloches de neige du *datura* au cas où nous nous aviserions de mettre cette barrière infranchissable entre les autres et nous. Amour, seul amour qui sois, amour charnel, j'adore, je n'ai jamais cessé d'adorer ton ombre vénéneuse, ton ombre mortelle. Un jour viendra où l'homme saura te reconnaître pour son seul maître et t'honorer jusque dans les mystérieuses perversions dont tu l'entoures. Sur ce banc, à l'école du palétuvier, je sais bien que je ne suis que cet homme tout enfant; je n'ai pas réussi encore à obtenir du génie de la beauté qu'il soit tout à fait le même avec ses ailes claires ou ses ailes sombres, qu'il fulgure pour moi sous ces deux aspects à la fois dans ce que j'aime. L'enfant que je demeure par rapport à ce que je souhaiterais être n'a pas tout à fait désappris le dualisme du bien et du mal. Ces tiges mi-aériennes, misouterraines, ces lianes, ces serpents indiscernables, ce mélange de séduction et de peur, il ne jurerait pas que cela n'a plus rien pour lui de la barbe de Barbe-Bleue. Mais toi, toi qui m'accompagnes, Ondine, toi dont j'ai pressenti sans en avoir jamais rencontré de semblables les yeux d'*aubier,* je t'aime à la barbe de Barbe-Bleue et par le diamant de l'air des Canaries qui fait un seul bouquet de tout ce qui croît jalousement seul en tel ou tel point de la surface de la terre. Je t'aime jusqu'à me perdre dans l'illusion qu'une fenêtre est pratiquée dans un pétale du *datura* trop opaque ou trop transparent, que je suis seul ici sous l'arbre et qu'à un signal qui se fait merveilleusement attendre je vais aller te rejoindre dans la fleur fascinante et fatale.

La suffisance parfaite qui tend à être celle de l'amour entre deux êtres ne rencontre plus à cette minute aucun obstacle. Le sociologue devra peut-être y prendre garde, lui qui, sous le ciel d'Europe, se borne à promener un regard embué de la gueule fumeuse et grondante des fabriques à l'effroyable paix rétive des champs. Il n'a pas cessé d'y avoir lieu, peut-être est-il plus que jamais de saison de rappeler que cette suffisance est une des fins de l'activité de l'homme; que la spéculation économique et la spéculation psychologique, si ennemies l'une de l'autre qu'elles se montrent à notre époque, se rencontrent remarquablement pour tourner autour d'elle. Engels, dans l'*Origine de la Famille*, n'hésite pas à faire de *l'amour sexuel individuel*, né de cette *forme supérieure des rapports sexuels qu'est la monogamie, le plus grand progrès moral* accompli par l'homme dans les temps modernes. Quelque entorse qu'on cherche aujourd'hui à faire subir à la pensée marxiste sur ce point comme sur tant d'autres, il est indéniable que les auteurs du *Manifeste communiste* n'ont cessé de s'élever contre les espoirs de retour aux rapports sexuels « désordonnés » qui marquèrent l'aube de l'histoire humaine. La propriété privée une fois abolie, « on peut affirmer avec raison, déclare Engels, que *loin de disparaître, la monogamie sera plutôt pour la première fois réalisée* ». Dans le même ouvrage il insiste à plusieurs reprises sur le caractère *exclusif* de cet amour qui, au prix de quels égarements — j'en sais de misérables et de grandioses — s'est enfin *trouvé*. Cette vue sur ce que peut sans doute présenter de plus agitant la considération du devenir humain ne peut être corroborée plus nettement que par celle de Freud pour qui l'amour sexuel, tel même qu'il est déjà donné, *rompt les liens collectifs créés par la race, s'élève au-dessus des différences nationales et des hiérarchies sociales, et, ce faisant, contribue dans une grande mesure au progrès de la culture.* Ces deux témoignages, qui donnent la conception de moins en moins frivole de l'amour pour principe fondamental au progrès moral aussi bien que culturel, me sembleraient à eux seuls de nature à faire la part la plus belle à l'activité poétique comme moyen éprouvé de fixation du monde sensible et mouvant sur un seul être aussi bien que comme force permanente d'anticipation.

Allez donc parler, me dira-t-on, de la suffisance de l'amour à ceux qu'étreint, leur laissant tout juste le temps de respirer et de dormir, l'implacable nécessité! *L'Age d'or,* pour moi ces mots qui m'ont traversé l'esprit comme je commençais à m'abandonner aux ombres enivrantes de la Orotava, restent associés à quelques images inoubliables du film de Buñuel et Dali paru naguère sous ce titre et que, précisément, Benjamin Péret et moi aurions fait connaître en mai 1935 au public des Canaries si la censure espagnole n'avait tenu à se montrer plus rapidement intolérante que la française. Ce film demeure, à ce jour, la seule entreprise d'exaltation de l'amour total tel que je l'envisage[1] et les violentes réactions auxquelles ses représentations de Paris ont donné lieu n'ont pu que fortifier en moi la conscience de

1. Non plus la seule, mais une des deux seules depuis que m'a été révélé cet autre film prodigieux, triomphe de la pensée surréaliste, qu'est *Peter Ibbetson.*

son incomparable valeur. L'amour, en tout ce qu'il peut avoir pour deux êtres d'absolument limité à eux, d'isolant du reste du monde, ne s'est jamais manifesté d'une manière aussi libre, avec tant de tranquille audace. La stupidité, l'hypocrisie, la routine, ne pourront faire qu'une telle œuvre n'ait vu le jour, que sur l'écran un homme et une femme n'aient infligé au monde tout entier dressé contre eux le spectacle d'un amour exemplaire. Dans un tel amour existe bien en puissance un véritable *âge d'or* en rupture complète avec l'âge de boue que traverse l'Europe et d'une richesse inépuisable en possibilités *futures.* C'est sur lui que j'ai toujours approuvé Buñuel et Dali d'avoir mis l'accent et j'éprouve une grande mélancolie à penser que Buñuel est revenu ultérieurement sur ce titre, que, sur les instances de quelques révolutionnaires de pacotille obstinés à tout soumettre à leurs fins de propagande immédiate, il a consenti à ce que passât dans les salles ouvrières une version expurgée de *L'Age d'or* qu'on lui avait suggéré, pour être tout à fait en règle, d'intituler : « Dans les eaux glacées du calcul égoïste. » Je n'aurai pas la cruauté d'insister sur ce qu'il peut y avoir de puérilement rassurant pour certains dans l'étiquetage, au moyen d'un membre de phrase de Marx tiré des premières pages du *Manifeste,* d'une production aussi peu réductible que *L'Age d'or* à l'échelle des revendications *actuelles* de l'homme. Par contre, je m'élève de toutes mes forces contre l'équivoque introduite par ce titre, équivoque qui dut échapper à Buñuel mais dans laquelle les pires contempteurs de sa pensée et de la mienne trouvaient, bien sûr, tout apaisement. « Dans les eaux glacées du calcul égoïste » : il était évidemment trop facile de faire entendre par là — au mépris du contexte de Marx mais n'importe — que c'est l'amour qui tend à nous enfoncer dans ces eaux; qu'il faut, n'est-ce pas, tout particulièrement en finir avec cette sorte d'amour, défi éclatant au cynisme de plus en plus général, injure inexpiable à l'impuissance physique et morale d'aujourd'hui. Eh bien non! Jamais, *sous aucun prétexte*, je n'en passerai par cette manière de voir. Coûte que coûte je maintiendrai que « dans les eaux glacées du calcul égoïste » c'est peut-être partout, sauf où *cet* amour est. Tant pis si cela doit désobliger les rieurs et les chiens. Qui ose ici parler de calcul, qui se refuse, à supposer qu'on le maintienne, à prendre le mot « égoïste » appliqué à l'amour dans son sens philosophique et seulement dans ce sens, qui n'a plus rien de péjoratif? La recréation, la recoloration perpétuelle du monde dans un seul être, telles qu'elles s'accomplissent par l'amour, éclairent en avant de mille rayons la marche de la terre. Chaque fois qu'un homme aime, rien ne peut faire qu'il n'engage avec lui la sensibilité de tous les hommes. Pour ne pas démériter d'eux, il se doit de l'engager à fond.

La considération de la nécessité matérielle, telle que sur un plan très général elle fait échec à l'amour aussi bien qu'à la poésie en concentrant sur le problème de la subsistance toute l'attention humaine qui devrait être disponible, cette considération, qui s'est révélée, chemin faisant, assez accablante pour ne plus laisser place à aucune autre dans l'esprit de certains de mes amis, à la Orotava cède jusqu'à disparition totale au plus beau des mirages de l'enfance. Je me suis vivement étonné, à l'époque où nous commencions à pratiquer l'écriture automatique, de la fréquence avec laquelle tendaient à revenir dans nos textes les mots *arbre à pain, à beurre*, etc. Tout récemment, je me suis demandé s'il ne fallait pas voir dans l'étrange prestige que ces mots exercent sur l'enfant le secret de la découverte technique qui semble avoir mis Raymond Roussel en possession des clés mêmes de l'imagination : « Je choisissais un mot puis le reliais à un autre par la préposition *à*. » La préposition en question apparaît bien, en effet, poétiquement, comme le véhicule de beaucoup le plus rapide et le plus sûr de l'image. J'ajouterai qu'il suffit de relier ainsi *n'importe quel* substantif à *n'importe quel* autre pour qu'un monde de représentations nouvelles surgisse aussitôt. L'arbre à pain ou à beurre n'en domine pas moins de toute son existence vérifiable les innombrables créations qui peuvent être ainsi obtenues. Ce qu'il y a, lorsqu'on est très jeune, de si attachant à en entendre parler tient à ce qu'en lui semblent se concilier par excellence le principe du plaisir et le principe de réalité. Un mythe entre tous clair et dénué de sévérité se développe à partir de cet arbre : celui de l'inépuisable générosité naturelle susceptible de pourvoir aux besoins humains les plus divers. L'air n'est plus fait que du tremblement des voiles de mille impondérables Virginies. Comment résister au charme d'un jardin comme celui-ci, où tous les arbres de type providentiel se sont précisément donné rendez-vous? En ce lieu périclitent à plaisir les grandes constructions, morales et autres, de l'homme adulte, fondées sur la glorification de l'effort, du travail. La prétendue vie « gagnée » revient à l'aspect qu'elle avait pour nous dans l'enfance : elle reprend figure de vie *perdue*. Perdue pour les jeux, perdue pour l'amour. Ce qu'exige âprement l'entretien de cette vie perd toute valeur au passage des grands arbres de rêve dont chacun décline pour l'homme une qualité inappréciable incluse dans les syllabes mêmes de son nom. L'arbre à pain, l'arbre à beurre ont appelé à eux l'arbre à sel, l'arbre à poivre : c'est tout un déjeuner frugal qui s'improvise. Quelle faim! L'arbre du voyageur et l'arbre à savon vont nous permettre de nous présenter à table les mains nettes. C'est la bonne auberge rimbaldienne, je crois. A de très hautes poutres pendent les longs fruits fumés du prodigieux arbre à saucisses tandis qu'un peu à l'écart le grand figuier impérial, escaladé des racines au faîte par une procession de petites montgolfières qui prennent selon leur exposition au soleil tous les tons de l'anémone de mer, règne en toute rigueur sur ce qui s'exprime de vie insolite en pareil lieu. Cette vie insolite du figuier impérial est si forte qu'on me contait qu'il y a quelques années on avait pu voir un visiteur se porter de loin à sa rencontre en courant, foulant sans scrupule les parterres et donnant tous les signes du désordre mental : renseignements pris, ce n'était qu'un mycologue d'Europe qui croyait avoir découvert une nouvelle espèce de champignons. — L'insolite est inséparable de l'amour, il préside à sa révélation aussi bien en ce qu'elle a d'individuel que de collectif. Le sexe de l'homme et celui de la femme ne sont aimantés l'un vers l'autre que moyennant l'introduction entre eux d'une trame d'incertitudes sans cesse renaissantes, vrai lâcher d'oiseaux-mouches qui seraient allés se faire lisser les plumes jusqu'en enfer. Le problème de la vie matérielle de l'homme supposé résolu comme je joue à le croire résolu dans ce cadre, je retrouve ces incertitudes éclatantes, un instant je ne veux avoir d'yeux que pour elles. Mon amour pour toi n'a fait que grandir depuis le premier jour : sous le figuier impérial il tremble et rit dans les étincelles de toutes ses forges quotidiennes. Parce que tu es unique, tu ne peux manquer pour moi d'être toujours une autre, une autre toi-même. A travers la diversité de ces fleurs inconcevables, là-bas, c'est toi changeante que j'aime en chemise rouge, nue, en chemise grise.

De ce paysage passionné qui se retirera un jour prochain avec la mer, si je ne dois enlever que toi aux fantasmagories de l'écume verte, je saurai recréer cette musique sur nos pas. Ces pas bordent à l'infini le pré qu'il nous faut traverser pour revenir, le pré magique qui cerne l'empire du figuier. Je ne découvre en moi d'autre trésor que la clé qui m'ouvre ce pré sans limites depuis que je te connais, ce pré fait de la répétition d'une seule plante toujours plus haute, dont le balancier d'amplitude toujours plus grande me conduira jusqu'à la mort. La mort, d'où l'horloge à fleurs des campagnes, belle comme ma pierre tombale dressée, se remettra en marche sur la pointe des pieds pour chanter les heures qui ne passent pas. Car une femme et un homme qui, jusqu'à la fin des temps, doivent être toi et moi, glisseront à leur tour sans se retourner jamais jusqu'à perte de sentier, dans la lueur oblique, aux confins de la vie et de l'oubli de la vie, dans l'herbe fine qui court devant nous à l'arborescence. Elle est, cette herbe dentelée, faite des mille liens invisibles, intranchables, qui se sont trouvés unir ton système nerveux au mien dans la nuit profonde de la connaissance. Ce bateau, gréé de mains d'enfant, épuise la bobine du sort. C'est cette herbe qui continuera après moi à tapisser les murs de la plus humble chambre chaque fois que deux amants s'y enfermeront au mépris de tout ce qui peut advenir, de la précipitation du terme de leur vie même. Il ne sera pas de rocher surplombant, de rocher menaçant à chaque seconde de tomber qui puisse faire qu'autour du lit cette herbe ne s'épaississe au point de dérober à deux regards qui se cherchent et se perdent le reste du monde. Les traces de peinture à la chaux, la cuvette ébréchée, les hardes, la pauvre chaise, roulées par la mer sans bords de mon herbe, ne le céderont en rien aux décors impeccables, aux riches toilettes. Il n'est rien qui vaille que cela change et rien ne vaudrait plus si cela changeait. Le plus grand espoir, je dis celui en quoi se résument tous les autres, est que cela soit pour tous et que pour tous cela dure. Que le don absolu d'un être à un autre, qui ne peut exister sans sa réciprocité, soit aux yeux de tous la seule passerelle naturelle et surnaturelle jetée sur la vie. Mais quelle est donc

cette herbe d'énigme, tour à tour celle du boise-
ment et du déboisement total, ce feuillage du
mimosa de tes yeux? Le bruit court, plus léger
qu'une onde sur elle, que c'est la *sensitive*.

On n'en finira jamais avec la sensation. Tous les
systèmes rationalistes s'avéreront un jour indé-
fendables dans la mesure où ils tentent, sinon
de la réduire à l'extrême, tout au moins de ne
pas la considérer dans ses prétendues outrances.
Ces outrances sont, il faut bien le dire, ce qui
intéresse au suprême degré le poète. Le combat
que se livrent les partisans de la méthode de
« résolution », comme on dit en langage scientifique, et les partisans de la méthode d' « inven-
tion » n'a jamais été si acharné que de nos jours
et tout porte à admettre cependant qu'il demeu-
rera sans issue. Je crois, pour ma part, avoir
montré que je ne désespérais pas plus qu'un
autre de l'essor d'une pensée qui, indépendamment de tout, se suit elle-même et ne se re-
commence pas. Mais la vérité m'oblige à dire que
cette pensée, abandonnée à son propre fonction-
nement, m'a toujours paru exagérément simpli-
fiante; que, bien loin de me combler, elle a exas-
péré en moi le goût de ce qui n'est pas elle,
le goût des grands accidents de terrain ou autres
qui, au moins momentanément, la mettent en
difficulté. Cette attitude, qui est à proprement

parler l'attitude *surréaliste* telle qu'elle a toujours été définie, je m'assure qu'elle tend aujourd'hui à être partagée par toutes les catégories de chercheurs. Ce n'est pas moi, c'est M. Juvet qui, dans *La Structure des nouvelles théories physiques,* écrit en 1933 : « C'est dans la surprise créée par une nouvelle image ou par une nouvelle association d'images, qu'il faut voir le plus important élément du progrès des sciences physiques, puisque c'est l'étonnement qui excite la logique, toujours assez froide, et qui l'oblige à établir de nouvelles coordinations. » Il y a là de quoi confondre tous ceux qui persistent à nous demander des comptes, incriminant la route à leur gré trop aventureuse que nous prétendons suivre. Ils disent — que ne disent-ils pas! — que le monde n'a plus aucune curiosité à donner du côté où nous sommes, ils soutiennent impudemment qu'il vient de *muer* comme la voix d'un jeune garçon, ils nous objectent lugubrement que le temps des contes est fini. Fini pour eux! Si je veux que le monde change, si même j'entends consacrer à son changement tel qu'il est conçu socialement une partie de ma vie, ce n'est pas dans le vain espoir de revenir à l'époque de ces contes mais bien dans celui d'aider à atteindre l'époque où ils ne seront plus seulement des contes. La surprise doit être recherchée pour elle-même, inconditionnellement. Elle n'existe que dans l'intrication en un seul objet du naturel et du surnaturel, que dans l'émotion de tenir et en même temps de sentir s'échapper le ménure-lyre. Le fait de voir la nécessité naturelle s'opposer à la nécessité humaine ou logique, de cesser de tendre éperdument à leur conciliation, de nier en amour la persistance du coup de foudre et dans la vie la continuité parfaite de l'impossible et du possible témoignent de la perte de ce que je tiens pour le seul état de grâce.

Un contact qui n'en a pas même été un pour nous, un contact involontaire avec un seul rameau de la sensitive fait tressaillir en dehors de nous comme en nous tout le pré. Nous n'y sommes pour rien ou si peu et pourtant toute l'herbe se couche. C'est un abattage en règle comme celui d'une boule de neige lancée en plein soleil sur un jeu de quilles de neige. Ou encore un roulement de tambour qui brusquement ne ferait qu'une au monde de toutes les compagnies de perdrix. J'ai à peine besoin de te toucher pour que le vif-argent de la sensitive incline sa harpe sur l'horizon. Mais, pour peu que nous nous arrêtions, l'herbe va reverdir, elle va renaître, après quoi mes nouveaux pas n'auront d'autre but que te réinventer. Je te réinventerai pour moi comme j'ai le désir de voir se recréer perpétuellement la poésie et la vie. D'une branche à l'autre de la sensitive — sans craindre de violer les lois de l'espace et bravant toutes les sortes d'anachronismes — j'aime à penser que l'avertissement subtil et sûr, des tropiques au pôle, suit son cours comme du commencement du monde à l'autre bout. J'accepte, sur mon passage, de découvrir que je n'en suis que la cause insignifiante. Seul compte l'effet universel, éternel : je n'existe qu'autant qu'il est réversible à moi.

La Oratava n'est plus, elle se perdait au-dessus de nous peu à peu, elle vient d'être engloutie ou bien c'est nous qui à ces quelque quinze cents mètres d'altitude soudain avons été happés par un nuage. Nous voici à l'intérieur de l'informe par excellence, en proie à l'idée sommaire, inexplicablement satisfaisante pour l'être humain, d'une chose « à couper au couteau ». Ce nuage m'aveugle, il n'est plus générateur dans mon esprit que de nuages. Baudelaire, à la fin du premier poème du *Spleen de Paris*, semble n'avoir multiplié les points de suspension : « J'aime les nuages... les nuages qui passent... là-bas... là-bas... les merveilleux nuages! » que pour que passent réellement sous les yeux les nuages, pour qu'ils apparaissent comme des points de suspension entre la terre et le ciel. C'est que regarder de la terre un nuage est la meilleure façon d'interroger son propre désir. Vulgairement, on

croit à tort épuiser le sens d'une scène dramatique célèbre en souriant de pitié lorsque le pauvre
Polonius, par crainte de déplaire à Hamlet, veut
bien consentir à ce qu'un nuage ait la forme d'un
chameau... ou d'une belette... ou d'une baleine.
C'est dans un tout autre esprit, selon moi, qu'il
conviendrait d'aborder ce passage dont le véritable enjeu est la découverte des mobiles psycho-
logiques profonds qui, tout au long du drame,
font agir Hamlet. Ce n'est, à coup sûr, aucunement par hasard que ces trois noms d'animaux,
et non d'autres, viennent alors à ses lèvres. Le
brusque déclic qui marque le passage de l'un à
l'autre en dit assez long sur l'agitation paroxystique du héros. A bien chercher, il est plus que
probable que cette forme animale revêtant coup
sur coup trois aspects apparaîtrait aussi riche
de signification cachée que celle du vautour
découvert par Oscar Pfister dans la fameuse
Sainte-Anne du musée du Louvre qui nous a valu
l'admirable communication de Freud : *Un souvenir d'enfance de Léonard de Vinci*. La veulerie
du personnage de Polonius, si elle n'était pas
très fortement accusée au préalable, ne saurait
d'ailleurs éclater dans ses répliques à l'occasion
du nuage. La leçon de Léonard, engageant ses
élèves à copier leurs tableaux sur ce qu'ils ver-
raient se peindre (de remarquablement coordonné
et de propre à chacun d'eux) en considérant

longuement un vieux mur, est loin encore d'être comprise. Tout le problème du passage de la subjectivité à l'objectivité y est implicitement résolu et la portée de cette résolution dépasse de beaucoup en intérêt humain celle d'une technique, quand cette technique serait celle de l'inspiration même. C'est tout particulièrement dans cette mesure qu'elle a retenu le *surréalisme*. Le surréalisme n'est pas parti d'elle, il l'a retrouvée en chemin et, avec elle, ses possibilités d'extension à tous les domaines qui ne sont pas celui de la peinture. Les nouvelles associations d'images que c'est le propre du poète, de l'artiste, du savant, de susciter ont ceci de comparable qu'elles empruntent pour se produire un écran d'une texture particulière, que cette texture soit concrètement celle du mur décrépi, du nuage ou de toute autre chose : un son persistant et vague véhicule, à l'exclusion de toute autre, la phrase que nous avions besoin d'entendre chanter. Le plus frappant est qu'une activité de ce genre qui, pour être, nécessite l'acceptation sans réserves d'une passivité plus ou moins durable, bien loin de se limiter au monde sensible, ait pu gagner en profondeur le monde moral. La chance, le bonheur du savant, de l'artiste lorsqu'ils *trouvent* ne peut être conçu que comme cas particulier du bonheur de l'homme, il ne se distingue pas de lui dans son essence. L'homme saura se diriger le

jour où comme le peintre il acceptera de reproduire sans y rien changer ce qu'un écran approprié peut lui livrer à l'avance de ses actes. Cet
écran existe. Toute vie comporte de ces ensembles
homogènes de faits d'aspect lézardé, nuageux,
que chacun n'a qu'à considérer fixement pour lire
dans son propre avenir. Qu'il entre dans le tour-
billon, qu'il remonte la trace des événements qui
lui ont paru entre tous fuyants et obscurs, de
ceux qui l'ont déchiré. Là — si son interrogation
en vaut la peine — tous les principes logiques,
mis en déroute, se porteront à sa rencontre les
puissances du *hasard objectif* qui se jouent de
la vraisemblance. Sur cet écran tout ce que
l'homme veut savoir est écrit en lettres phospho-
rescentes, en lettres de *désir*.

L'exercice purement visuel de cette faculté
qu'on a dite quelquefois « paranoïaque » a permis
de constater que si une même tache, murale ou
autre, presque toujours est interprétée différem-
ment par deux individus distincts, en proie à des
désirs distincts, il ne s'ensuit pas que l'un d'eux
ne puisse assez aisément faire apercevoir de
l'autre ce qu'il y découvre. On ne voit pas *a priori*
ce qui empêcherait cette première illusion de faire
le tour de la terre. Il lui suffira de répondre à la
vision la plus insistante, et aussi la plus péné-
trante en ce sens qu'elle doit être capable de

mettre en jeu le plus grand nombre possible de *restes optiques.* Pour peu qu'on cherche à connaître à ce propos les réactions de l'homme moyen, on constate que la faculté d'interprétation paranoïaque est loin de lui faire défaut, bien que généralement elle existe chez lui à l'état inculte. Mais il est prêt, de bonne foi, à sanctionner l'interprétation qu'on lui propose, il se comporte sur ce point comme Polonius : mieux, s'il a gardé quelque fraîcheur de sentiment, il éprouve à partager l'illusion d'un autre un candide plaisir. Il y a là une source de communication profonde entre les êtres qu'il ne s'agit que de dégager de tout ce qui la masque et la trouble. Les objets de la réalité n'existent pas seulement en tant que tels : de la considération des lignes qui composent le plus usuel d'entre eux surgit — sans même qu'il soit nécessaire de cligner des yeux — une remarquable *image-devinette* avec laquelle il fait corps et qui nous entretient, sans erreur possible, du seul objet *réel,* actuel, de notre *désir.* Il va sans dire que ce qui est vrai de l'image graphique complémentaire en question ne l'est pas moins d'une certaine image verbale à quoi la poésie digne de ce nom n'a jamais cessé de faire appel. De telles images, dont les plus beaux spécimens se rencontrent chez Lautréamont, sont douées d'une force de persuasion rigoureusement proportionnée à la violence du choc initial qu'elles ont produit. C'est ainsi qu'à faible distance elles sont appelées à prendre le caractère de choses *révélées*. Encore une fois les actes eux-mêmes, les actes à accomplir se détacheront impérativement du bloc des actes accomplis du jour où l'on se sera mis en posture de considérer ce bloc, comme celui d'un mur ou d'un nuage, avec *indifférence*. Du jour où l'on aura trouvé le moyen de se libérer à volonté de toute préoccupation logique ou morale.

Le désir, seul ressort du monde, le désir, seule rigueur que l'homme ait à connaître, où puis-je être mieux pour l'adorer qu'à l'intérieur du nuage? Les formes que, de la terre, aux yeux de l'homme prennent les nuages ne sont aucunement fortuites, elles sont augurales. Si toute une partie de la psychologie moderne tend à mettre ce fait en évidence, je m'assure que Baudelaire l'a pressenti dans cette strophe du *Voyage* où le dernier vers, tout en les chargeant de sens, fait écho d'une manière si troublante aux trois premiers :

> *Les plus riches cités, les plus grands paysages*
> *Jamais ne contenaient l'attrait mystérieux*
> *De ceux que le hasard fait avec les nuages*
> *Et toujours le désir nous rendait soucieux!*

Me voici dans le nuage, me voici dans la pièce intensément opaque où j'ai toujours rêvé de pénétrer. J'erre dans la superbe salle de bains de buée. Tout, autour de moi, m'est inconnu. Il y a sûrement quelque part un meuble à tiroirs, dont les tablettes supportent des boîtes étonnantes. Je marche sur du liège. Ont-ils été assez fous de dresser un miroir parmi tous ces plâtras! Et les robinets qui continuent à cracher de la vapeur! A supposer qu'il y ait des robinets. Je te cherche. Ta voix même a été prise par le brouillard. Le froid fait passer sur mes ongles une lime de quatre-vingt-dix mètres (au centième je n'aurais plus d'ongles). Je te désire. Je ne désire que toi. Je caresse les ours blancs sans parvenir jusqu'à toi. Aucune autre femme n'aura jamais accès dans cette pièce où tu es mille, le temps de décomposer tous les gestes que je t'ai vue faire. Où es-tu? Je joue aux quatre coins avec des fantômes. Mais je finirai bien par te trouver et le monde entier s'éclairera à nouveau parce que nous nous ai- mons, parce qu'une chaîne d'illuminations passe par nous. Parce qu'elle entraîne une multitude de couples qui comme nous sauront indéfiniment se faire un diamant de la nuit blanche. Je suis cet homme aux cils d'oursin qui pour la première fois lève les yeux sur la femme qui doit être tout pour lui dans une rue bleue. Le soir cet homme terriblement pauvre étreignant pour la première fois une femme qui ne pourra plus s'arracher à lui sur un pont. Je suis dans les nuages cet homme qui pour atteindre celle qu'il aime est condamné à déplacer une pyramide faite de son linge.

Un grand vent de fête est passé, les balançoires se sont remises en marche, c'est à peine si j'ai eu le temps de voir remonter aux plus hautes neiges la baignoire d'écume de mer, retourner au lit du torrent les admirables appareils nickelés. Au soleil sèchent autant de sorties de bain que tu étais répétée de fois dans la chambre trouble. Ce sont les nappes violemment parfumées des fleurs d'un genêt blanc, le *retama*, seul arbuste qui croisse encore à cette hauteur. Il accroche à la coque calcinée et craquante de la terre ses magnifiques bancs contournés de moules blanches qui dévalent à petits bonds vers le sud de l'île aride et désert. De ce côté, les risques de glissement du terrain ont amené l'indigène à élever des barrières de pierre qui en épousent les moindres plis naturels, ce qui confère à une très grande étendue de paysage un aspect étagé, cellulaire et vide des plus inquiétants. Du blond au brun le sol épuise vite pour l'œil toutes les variétés de miel. Tout là-haut, un milan immobile, les ailes déployées, semble être là depuis toujours pour proclamer l'impossibilité de toute vie parmi ces pierres. De toute vie si j'en excepte celle du *retama* qui, dans l'angle le mieux abrité de chaque polygone, fait à profusion boucler ses fleurs. C'est la première fois que j'éprouve devant le *jamais vu* une impression de *déjà vu* aussi complète. Ce cloisonnement si particulier, cette lumière de tas de sable, ces hélices déteintes qui traînent comme après un grand repas de mantes et, par-dessus tout, cette floraison unique qu'on est tenté de prendre pour le bouillonnement radieux de la destruction, mais oui : ce sont, tels qu'il les inventait deux mois avant notre départ pour les Canaries, ce sont les « jardins gobe-avions » de Max Ernst. Alors ta vie et la mienne tournaient déjà autour de ces jardins dont il ne pouvait supposer l'existence et à la découverte desquels il repartait chaque matin, toujours plus beau sous son masque de milan.

Il n'est pas de sophisme plus redoutable que celui qui consiste à présenter l'accomplissement de l'acte sexuel comme s'accompagnant nécessairement d'une chute de potentiel amoureux entre deux êtres, chute dont le retour les entraînerait progressivement à ne plus se suffire. Ainsi l'amour s'exposerait à se ruiner dans la mesure où il poursuit sa réalisation même. Une ombre descendrait plus dense sur la vie par blocs proportionnés à chaque nouvelle explosion de lumière. L'être, ici, serait appelé à perdre peu à peu son caractère électif pour un autre, il serait ramené contre son gré à l'essence. Il s'éteindrait un jour, victime de son seul rayonnement. Le

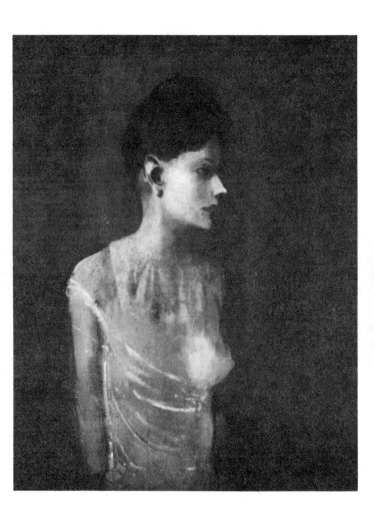

15. *Celle que Picasso a peinte il y a trente ans* (p.99)

PHOTO GALERIE SIMON

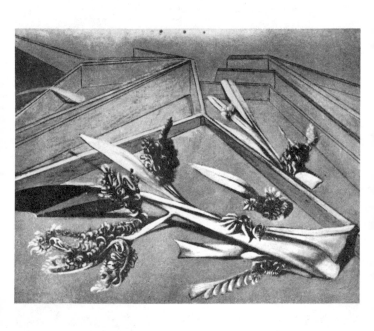

16. *Les « Jardins gobe-avions » de Max Ernst* (p. 132)

grand vol nuptial provoquerait la combustion plus ou moins lente d'un être aux yeux de l'autre, combustion au terme de laquelle, d'autres créatures pour chacun d'eux se parant de mystère et de charme, revenus à terre ils seraient libres d'un nouveau choix. Rien de plus insensible, de plus désolant que cette conception. Je n'en sais pas de plus répandue et, par là même, de plus capable de donner idée de la grande pitié du monde actuel. Ainsi Juliette continuant à vivre ne serait pas toujours *plus* Juliette pour Roméo! Il est aisé de démêler les deux erreurs fondamentales qui président à une telle manière de voir : l'une de cause sociale, l'autre de cause morale. L'erreur sociale, à laquelle il ne peut être remédié que par la destruction des bases économiques mêmes de la société actuelle, tient au fait que le choix initial en amour n'est pas *réellement* permis, que, dans la mesure même où il tend exceptionnellement à s'imposer, il se produit dans une atmosphère de non-choix des plus hostiles à son triomphe. Les sordides considérations qu'on lui oppose, la guerre sournoise qu'on lui fait, plus encore les représentations violemment antagonistes toujours prêtes à l'assaillir qui abondent autour de lui sont, il faut bien l'avouer, trop souvent de nature à le confondre. Mais cet amour, *porteur des plus grandes espérances qui se soient traduites dans l'art depuis des siècles*, je vois mal ce qui l'empêcherait de vaincre dans des conditions de vie renouvelées. L'erreur morale qui, concurremment à la précédente, conduit à se représenter l'amour, dans la durée, comme un phénomène déclinant réside dans l'incapacité où sont le plus grand nombre des hommes de se libérer dans l'amour de toute préoccupation étrangère à l'amour, de toute crainte comme de tout doute, de s'exposer sans défense au regard foudroyant du dieu. L'expérience artistique aussi bien que scientifique est encore ici d'un grand secours, elle qui montre que tout ce qui s'édifie et demeure a d'abord exigé pour *être* cet abandon. On ne peut s'appliquer à rien de mieux qu'à faire perdre à l'amour cet arrière-goût amer, que n'a pas la poésie, par exemple. Une telle entreprise ne pourra être menée entièrement à bien tant qu'à l'échelle universelle on n'aura pas fait justice de l'infâme idée chrétienne du péché. Il n'y a jamais eu de fruit défendu. La tentation seule est divine. Éprouver le besoin de varier l'objet de cette tentation, de le remplacer par d'autres, c'est témoigner qu'on est prêt à démériter, qu'on a sans doute déjà démérité de l'*innocence*. De l'innocence au sens de non-culpabilité absolue. Si vraiment le choix a été libre, ce ne peut être à qui l'a fait, sous aucun prétexte, de le contester. La culpabilité part de là et non d'ailleurs. Je repousse ici l'excuse d'accoutumance, de lassitude. L'amour réciproque, tel que je l'envisage, est un dispositif de miroirs qui me renvoient, sous les mille angles que peut prendre pour moi l'inconnu, l'image fidèle de celle que j'aime, toujours plus surprenante de divination de mon propre désir et plus dorée de vie.

Ici l'on commence à ne plus savoir si c'est pour entrer ou pour sortir qu'on entr'ouvre si fréquemment la porte du cirque des brumes. L'immense tente est merveilleusement rapiécée de jour. Ainsi une continuité parfaite n'a aucune peine à s'établir entre ce qui est découvert et ce qui est voilé. Il n'en va pas autrement de cet amour où le désir porté à l'extrême ne semble amené à s'épanouir que pour balayer d'une lumière de phare les clairières toujours nouvelles de la vie. Aucune dépression ne suit la jouissance. La chambre emplie de duvet de cygne que nous traversions tout à l'heure, que nous allons retraverser, communique sans obstacle avec la nature. Pailletant de bleu et d'or les bancs de miel sur lesquels nul être vivant ne semblait devoir prendre place, je vois mille yeux d'enfants braqués sur le haut du pic que nous ne saurons atteindre. On doit être en train d'installer le trapèze.

L'imagination sublime, alliée à une conscience philosophique de premier ordre, n'a rien inventé qui atteigne en grandeur l'épisode de la *Nouvelle Justine* du marquis de Sade qui a pour cadre l'Etna : « Un jour, examinant l'Etna, dont le sein vomissait des flammes, je désirais être ce célèbre volcan... » Je rappelle que l'invocation à l'Etna, prononcée sur ces entrefaites, a pour effet de faire surgir de l'ombre le chimiste Almani qui va mettre sa redoutable science au service du héros. Guidés par leur haine commune de la nature et des hommes — en rigoureuse protestation contre cet amour de la nature et de l'homme primitif qui transportent l'œuvre de Rousseau — Jérôme et Almani se mettent en devoir de perpétrer le mal en collaboration étroite avec la nature. Certes l'homme ne consent plus ici à s'unir à la nature que dans le crime : resterait à savoir si ce n'est pas encore une façon, des plus folles, des plus indiscutables, de l'aimer. Cet Almani, qui entend s'opposer trait pour trait à « l'amant de la nature », qui de cette nature se déclare le bourreau, d'où vient qu'il éprouve un tel plaisir à mêler son sperme aux coulées de lave brûlante? Je ne sais pas de mots si génialement assemblés, de mots susceptibles par leur assemblage de provoquer une émotion aussi intense et aussi durable que ceux que, parvenu à ce point de l'affabulation, Sade a jetés au vent des petites feuilles manuscrites récemment retrouvées qui paraissent constituer le plan de l'ouvrage : « Secret pour opérer un tremblement de terre. » Mais le plus admirable est encore que réellement ce secret soit livré — l'anarchie militante, en ce qu'elle a malgré tout d'irréductible du fait qu'elle exprime un des côtés les plus pathétiques de la nature humaine, ne peut revendiquer de meilleures lettres de noblesse — : que nous assistions à l'enfouissement superficiel des innombrables pains de dix à douze livres, pétris avec de l'eau, de la limaille et du soufre, placés à faible distance l'un de l'autre et appelés en s'échauffant dans le sol à provoquer l'éruption nouvelle, l'éruption d'autant plus belle que la nature n'a fait pour une fois que s'y prêter, que c'est l'homme qui l'a voulue. « Le procédé, dit Sade, était simple. » Comment échapper à ce qui passe d'humour déchirant dans cet aveu? Jamais, dis-je, le magnétisme terrestre, dont la considération entraîne à placer un des pôles aimantés dans l'esprit de l'homme et l'autre dans la nature, n'a été mis si implacablement en évidence. S'assurer qu'en tout cas ce magnétisme existe, permet, jusqu'à un certain point, de passer outre à la question de savoir si les deux pôles sont de noms contraires ou de même nom.

Le problème du mal ne vaut d'être soulevé que tant qu'on n'en sera pas quitte avec l'idée de la transcendance d'un bien quelconque qui pourrait dicter à l'homme des devoirs. Jusque-là la représentation exaltée du « mal » inné gardera la plus grande valeur révolutionnaire. Au-delà, j'espère que l'homme saura adopter à l'égard de la nature une attitude moins hagarde que celle qui consiste à passer de l'adoration à l'horreur. Que, tourné avec une curiosité d'autant plus grande vers elle, il parviendra à penser d'elle à peu près ce que pensait d'un de ses contemporains Gœthe lorsqu'il disait : « Ai-je pour Wieland de l'amour ou de la haine? — Je ne sais. — Au fond je prends part à lui. »

Elle n'est sujette, la nature, à s'illuminer et à s'éteindre, à me servir et à me desservir que dans la mesure où montent et s'abaissent pour moi les flammes d'un foyer qui est l'amour, le seul amour, celui d'*un* être. J'ai connu, en l'absence de cet amour, les vrais ciels vides, les flottaisons de tout ce que je me préparais à saisir sur la mer Morte, le désert des fleurs. La nature me trahissait-elle? non, je sentais que le principe de sa dévastation était en moi. Il ne manquait qu'un grand iris de feu partant de moi pour donner du prix à ce qui existe. Comme tout s'embellit à la lueur des flammes! Le moindre débris de verre trouve moyen d'être à la fois bleu et rose. De ce palier supérieur du Teide où l'œil ne découvre plus la moindre herbe, où tout pourrait être si glacé et si sombre, je contemple jusqu'au vertige tes mains ouvertes au-dessus du feu de brindilles que nous venons d'allumer et qui fait rage, tes mains enchanteresses, tes mains transparentes qui planent sur le feu de ma vie.

Teide admirable, prends ma vie! Tourne sous ces mains rayonnantes et fais miroiter tous mes versants. Je ne veux faire avec toi qu'un seul être de ta chair, de la chair des méduses, qu'un seul être qui soit la méduse des mers du désir. Bouche du ciel en même temps que des enfers, je te préfère ainsi énigmatique, ainsi capable de porter aux nues la beauté naturelle et de tout engloutir. C'est mon cœur qui bat dans tes profondeurs inviolables, dans cette aveuglante roseraie de la folie mathématique où tu couves mystérieusement ta puissance. Daignent tes artères, parcourues de beau sang noir et vibrant, me guider longtemps vers tout ce que j'ai à connaître, à aimer, vers tout ce qui doit faire aigrette au bout de mes doigts! Puisse ma pensée parler par toi, par les mille gueules hurlantes d'hermines en quoi tu t'ouvres là-haut au lever du soleil! Toi qui portes vraiment l'arche florale qui ne serait plus l'arche si tu ne tenais suspendue au-dessus d'elle la branche unique du foudroiement, tu te confonds avec mon amour, cet amour et toi vous êtes faits à perte de vue pour vous égriser. Les grands lacs de lumière sans fond succèdent en moi au passage rapide de tes fumerolles. Toutes les routes à l'infini, toutes les sources, tous les rayons partent de toi, Deria-i-Noor et Koh-i-Noor, beau pic d'un seul brillant qui trembles!

A flanc d'abîme, construit en pierre philosophale, s'ouvre le château étoilé.

VI

La fable veut que, malgré la robe tissée par les Grâces, Vénus soit blessée par Diomède. La vulnérabilité de la déesse est ici spécifiée formellement. L'amour, en ce qu'il a de plus terrestre — Vénus s'est exposée pour défendre Énée, le fils qu'elle a eu de l'homme le moins évolué, du gardien de troupeaux — doit être atteint durant le cours de la vie dans sa chair et le mythographe a pris soin de préciser, dans leur enchaînement inéluctable, les faits qui doivent avoir cette mortification passagère pour conséquence. A leur origine sévit Éris ou la Discorde, achevant de graver sur la pomme d'or l'inscription fatidique : « A la plus belle. »

Devant la force d'un tel mythe, dont nous sont garants son pouvoir d'expansion immédiate et sa persistance jusqu'à nous, nous ne pouvons douter qu'il exprime une vérité commune éternelle, qu'il traduise dans la langue allégorique une série d'observations fondées qui ne sauraient admettre d'autre champ que l'existence humaine. C'est qu'en effet la passion, aux magnifiques yeux égarés, doit pâtir d'avoir à se mêler à la lutte terrestre. Pourquoi ne pas le dire, alors même qu'elle est le plus sûre d'elle, il lui arrive de trébucher dans le couloir des minutes, des heures, des jours qui se suivent *et ne se ressemblent pas.* Ce couloir, plafonné d'astres variables, est tour à tour inondé de lumière, crépusculaire, voire totalement obscur. Aux moindres ténèbres tout extérieures à elle se dressent pour l'arrêter la matérialité et l'intellectualité, aux termes mêmes du conte grec — Junon, Minerve — ses rivales supplantées et ses principales ennemies.

Que ce mythe de Vénus est donc à la fois cruel et beau! D'un amour mort ne peut surgir que le printemps d'une anémone. C'est au prix d'une blessure exigée par les puissances adverses qui dirigent l'homme que triomphe l'amour vivant.

Serait-ce l'effet de la conjontion de Vénus et de Mars à telle place dans le ciel de ma naissance, il m'a été donné trop souvent d'éprouver les méfaits de la discorde à l'intérieur même de l'amour. C'est là, d'ailleurs, un thème banal de chanson populaire. La discorde vient brusquement se glisser entre les amants : rien ne l'a fait prévoir, sans quoi c'eût été naturellement un jeu

17. *A flanc d'abîme, construit en pierre philosophale...* (p. 142)

18. *La maison du pendu* (p. 155)

de la désarmer. J'ai pu me convaincre à distance qu'elle s'insinuait presque toujours à la faveur d'un caprice de l'un ou l'autre, caprice qui, pour des raisons purement circonstancielles, se trouve faire face à des dispositions différentes. Peut-être la vie pleinement commune de deux êtres qui s'aiment rend-elle cette sorte d'incidents inévitables. Ce n'en est pas moins toujours avec surprise et effroi que j'ai vu s'aiguiser, en pareil cas, les griefs anodins qui tirent prétexte de cet état de choses. Ils s'aiguisent sur la pierre du *silence*, d'un silence subit que rien ne pourrait rompre, qui simule l'absence et la mort. C'est par-dessus les têtes, puis entre elles, une pluie de flèches empoisonnées, si serrées que bientôt à ne plus se voir. L'égoïsme odieux s'emmure en toute hâte dans une tour sans fenêtres. L'attraction est rompue, la beauté même du visage aimé se dérobe, un vent de cendres emporte tout, la poursuite de la vie est compromise. Est-il besoin de dire que ces instants sont comptés, qu'ils sont à la merci d'un signe d'intelligence du cœur — un mouvement involontaire de détente, un geste familier — pour prendre fin sans laisser la moindre trace. Vénus, parce qu'elle a voulu intervenir dans la guerre des hommes, est blessée à la main, c'est-à-dire paralysée momentanément dans son action même. Au-delà elle redevient elle-même et revêt sa ceinture magique.

Ces instants noirs où l'amour bat soudain de l'aile et se laisse tomber sans aucun ressort au fond du gouffre d'où il remontera ensuite en ligne droite, me semblent devoir être considérés fixement et sans peur dans la mesure même où, par un comportement approprié, l'homme peut aspirer à les réduire dans le cadre de sa vie. Il importe, en particulier, qu'il sache à quoi s'en tenir sur une incompatibilité soudaine qui se révèle entre lui et l'objet de son amour : cette incompatibilité admet-elle des causes profondes qui minent depuis longtemps l'amour ou est-elle le produit d'une série de causes occasionnelles sans rapport avec l'amour? Je me désintéresse ici du premier cas, j'écris *L'Amour fou.* Dans le second, où je me place, je dis que ces causes occasionnelles demandent qu'on s'efforce de les porter au jour, qu'on ne se laisse rebuter ni par leur enchevêtrement, ni par le caractère, en dernière analyse, grandement énigmatique de certaines d'entre elles. Étant donné la violence du choc qui, alors qu'ils ne s'y attendent aucunement, dresse l'un contre l'autre deux êtres jusque-là en parfait accord et qui, à la première éclaircie, demain, tout à l'heure, ne parviendront pas à s'expliquer leur réflexe, étant donné l'angoisse et ses constructions gigantesques de carton-pâte dans le style des termitières qui, en moins d'un baissement de paupières, remplacent tout, il me semble qu'on est là en présence d'un mal assez défini pour qu'on s'emploie à déceler ses origines, ce qui doit permettre ultérieurement de lui trouver un remède. Il y va de la nécessité de faire justice, je l'ai dit, de l'opinion très répandue que l'amour s'use, comme le diamant, à sa propre poussière et que cette poussière est en suspension dans le cours de la vie. S'il s'avère que l'amour sort intact de tels fourvoiements, sans doute n'en est-il pas de même de l'être qui aime. Cet être est sujet à souffrir, qui pis est, à se méprendre sur la raison de sa souffrance. De par le don absolu qu'il a fait de lui-même, il est tenté d'incriminer l'amour là où c'est seulement la vie qui est en défaut.

A examiner de près un de ces « défauts » de la vie, j'ai pu me convaincre récemment que, loin de répondre à l'idée qu'on se fait en général d'un risque naturel — verglas, crevasse — il présentait tous les caractères d'un *piège*. Je veux dire qu'il semble avoir présidé à sa fabrication et à sa mise en place une ingéniosité et une sûreté qui dépassent en partie mon entendement jusqu'à nouvel ordre et qui, par cela même, devaient rendre ma chute inévitable.

Le 20 juillet 1936, vers trois heures de l'après-midi, l'autocar nous avait déposés tous deux à proximité d'une petite plage des environs de

Lorient : le Fort-Bloqué. Nous n'avions pas choisi de nous rendre là plutôt qu'ailleurs : le premier départ de voiture avait été le nôtre. Le temps continuait à être « menaçant » comme depuis notre arrivée en Bretagne, aux jours de tempête et de pluie près. Moins d'une semaine plus tôt nous nous étions déjà laissé porter vers cet endroit de la côte où ne semblaient guère, dans de telles conditions, devoir s'aventurer que nous. Cette première fois, très vite ennuyés de contempler une morne étendue de sable et de galets, nous n'avions eu d'autre recours imaginatif que de nous mettre en quête des menues et très peu nombreuses épaves qui pouvaient la joncher. Réunies, celles-ci n'étaient d'ailleurs pas sans charme : plusieurs ampoules électriques de très petit modèle, des bois flottés bleus, un bouchon de champagne, les deux derniers centimètres d'une bougie rose, un os de seiche non moins rose que la bougie, une petite boîte ronde métallique de bonbons, gravée du mot « violette », un squelette de crabe minuscule, squelette merveilleusement intact et d'une blancheur de craie qui me fit l'effet d'être le muguet du soleil, ce jour-là invisible, dans le Cancer. Tous ces éléments pouvaient concourir à la formation d'un de ces objets-talismans dont reste épris le surréalisme. Mais, le 20 juillet, il était d'autant moins question de revenir à ce passe-temps que la mer, qui s'était retirée moins loin, n'avait manifestement rien laissé d'un peu inattendu derrière elle. C'était la répétition accablante, à trop peu de jours de distance, d'un lieu entre tous banal et hostile en raison de cette banalité même, comme tous ceux qui laissent totalement vacante la faculté d'attention. Ce lieu, il ne pouvait être question que de le quitter au plus vite, en suivant la côte puisque ne s'offrait aucun moyen de communication.

La marche sans but bien déterminé sur le sable sec se fit très vite pour moi assez décourageante. Renseignements pris, le premier lieu habité que nous rencontrerions devait être une petite station balnéaire, Le Pouldu, située à une dizaine de kilomètres du Fort-Bloqué. Au fur et à mesure que nous avancions l'ingratitude profonde du site qui se développait sans aucunement se renouveler prenait un tour poignant dont les propos pourtant de plus en plus vagues que nous étions amenés à échanger se ressentaient. Je me souviens, passant assez loin d'eux, de l'irritation singulière que me causa une troupe d'oiseaux de mer affairés et jacassant contre une dernière frange d'écume. J'allai même jusqu'à leur jeter des pierres, mais mon geste seul les faisait s'ébranler d'une seule masse et retomber un peu plus loin d'un vol lourd. Nous cheminions de plus en plus séparément sans que rien de conscient en eût décidé, si ce n'est que pour ma part, à aller pieds nus, j'avais préféré longer par la terre le rivage. Mais ce sentiment de séparation ne reposait pas seulement sur la distance physique : il ne parvenait pas, en effet, à se dissiper, alors même qu'une barrière infranchissable de rochers nous ramenait pour quelques pas côte à côte. Je ne vois aucune difficulté à reconnaître qu'en ce qui me concerne j'étais de plus en plus mal disposé. Du côté des terres, la solitude complète, rien qui signalât l'approche d'un village. Je foulais, d'un air sûrement consterné, un tapis de bruyères naines et d'étiques chardons bleus supportant des grappes de colimaçons blancs. Ce jour allait-il bientôt finir! La présence d'une maison apparemment inhabitée, à une centaine de mètres sur la droite, vint ajouter encore au caractère absurde, injustifiable d'une évolution comme la nôtre dans un tel décor. Cette maison, de construction récente, n'avait rien pour elle qui pût consoler l'œil de son isolement. Elle donnait sur un assez vaste enclos s'avançant vers la mer et délimité, me sembla-t-il, par un treillis métallique, ce qui, vu la prodigieuse avarice du sol en pareil lieu, me produisit, sans que je m'attardasse cependant à l'analyser, un effet lugubre. Mon don d'observation, qui n'est pas remarquable en général, se trouvait par la tristesse sensiblement diminué. C'est ainsi que je suis incapable de justifier la non moins mauvaise impression que me causa le ruisseau que je dus franchir ensuite au prix d'un assez long détour, rúisseau qui, avant d'atteindre la mer, s'engageait dans une sorte de carrière et roulait des eaux couleur de sucre candi. Toujours est-il que le passage de cette faille, au-delà de laquelle allait se découvrir un paysage à perte de vue comme le précédent, m'inspira le désir *panique* de rebrousser chemin : j'étais persuadé qu'il était tard, que nous nous n'avions aucune chance d'arriver avant la nuit; si l'on ne voulait pas m'en croire je me déclarais même prêt à rentrer seul. Je me suis rarement conduit d'une manière si déraisonnable. Je consentis cependant à demander l'heure aux ouvriers occupés à je ne sais quels travaux au-dessus du ruisseau : il n'était pas encore quatre heures et demie. N'ayant plus d'excuse pour reculer, je repris ma première direction à contrecœur. Le fossé entre nous s'était encore creusé, comme de toute la hauteur du roc dans lequel le ruisseau dépassé s'engouffrait. Rien ne servait plus même de s'attendre : impossible d'échanger une parole, de passer l'un près de l'autre sans détourner la tête et allonger le pas. Cette situation paradoxale ne fit qu'aller en s'aggravant jusqu'aux environs immédiats d'un petit fort désaffecté que nous contournâmes chacun de notre côté, mais moi cette fois par la mer.

Sans doute mon malaise atteignit-il son comble à découvrir dans l'enceinte même de ce fort deux ou trois hommes qui s'étaient arrêtés de faucher un carré de blé dérisoire pour nous suivre de l'œil alternativement.

Je me hâte de dire que, ce fort laissé en arrière et intercepté à la vue par un nouveau portant de roc, une éclaircie progressive se produisit en dehors de nous comme en nous. Une plage très longue et très lisse déroulait entre mer et ciel sa courbe harmonieuse, des toits et des cimes d'arbres pointaient. Seul le déplorable amour-propre put exiger, en manière de satisfaction, que chacun de nous persistât quelque peu dans son attitude. Après quoi nous n'eûmes aucune peine à convenir que le tourment que nous venions d'endurer ne se fondait sur rien qui, dans la réalité, mît en péril notre amour. Dans la mesure même où nous avions été amenés à désespérer passagèrement l'un de l'autre, nous ne pouvions avoir été en proie qu'au délire.

De retour à Lorient, chez eux, je rendis compte à mes parents de l'emploi que nous avions fait de ces dernières heures en omettant, bien entendu, de faire état de ce qui les avait troublées. La conversation, à ma grande surprise, n'allait pas tarder à s'animer : vraiment, nous étions passés si près de la « villa du Loch », *la maison de Michel*

Henriot ? A n'en pas douter aux précisions qu'on me donnait, cette maison était bien celle que j'avais aperçue dans un brouillard qui n'était que le mien, flanquée du pire terrain vague. Et c'est toute cette affaire criminelle, des plus singulières, des plus pittoresques, qui se reconstituait sous mes yeux. Certes, en son temps, elle avait fait grand bruit mais je n'avais cessé d'être, depuis lors, à mille lieues d'y penser et il m'était impossible de déceler la moindre association d'idées qui m'eût incliné à me la retracer récemment. L'aspect extérieur de cette maison, au *halo* près que je m'étais trouvé lui découvrir, est d'ailleurs si quelconque qu'il ne saurait être question de la reconnaître d'après les photographies qu'en ont publiées les journaux.

J'ouvre ici une parenthèse pour déclarer qu'à rebours de l'interprétation qui a cours, je pense que Cézanne n'est pas avant tout un peintre de pommes, mais bien le peintre de « La Maison du pendu ». Je dis que les préoccupations techniques, sur lesquelles il est convenu de mettre l'accent dès qu'il s'agit de lui, font trop systématiquement oublier le souci qu'il a montré à diverses reprises d'aborder ces sujets à *halo*, depuis « Le Meurtre » de 1870, qui témoigne de ce souci avec évidence, jusqu'aux « Joueurs » de 1892 autour desquels flotte une menace mi-tragique, mi-guignolesque, en tout point semblable à celle qui passe à exécution dans la partie de cartes du film de Chaplin : *Une vie de chien,* sans oublier le « Jeune homme devant une tête de mort » de 1890, dans sa conception apparente d'un romantisme ultra-conventionnel mais dans son exécution très au-delà de ce romantisme : l'inquiétude métaphysique tombe sur le tableau *par les plis de la draperie.* « La Maison du pendu », en particulier, m'a toujours paru campée très singulièrement sur la toile de 1885, campée de manière à rendre compte de tout autre chose que de son aspect extérieur en tant que maison, tout au moins de manière à la présenter sous son angle le plus suspect : la tache horizontale noire au-dessus de la fenêtre, la dégradation, vers la gauche, du mur de premier plan. Il ne s'agit pas ici d'anecdote : il s'agit, pour la peinture par exemple, de la nécessité d'exprimer le rapport qui ne peut manquer d'exister entre la chute d'un corps humain, une corde passée au cou, dans le vide et le lieu même où s'est produit ce drame, lieu qu'il est, d'ailleurs, dans la nature de l'homme de venir inspecter. La conscience de ce rapport pour Cézanne suffit à m'expliquer qu'il ait repoussé le bâtiment sur la droite de manière à le dérober en partie et, par suite, à le faire paraître *plus haut.* Je veux bien admettre qu'en raison de son aptitude particulière à apercevoir ces halos et à concentrer sur eux son attention, Cézanne ait été entraîné à les prendre pour objet d'étude immédiate et, pour cela, à les considérer dans leur structure la plus élémentaire. Un tel halo existe, aussi bien, autour d'une pomme, ne serait-il constitué que par l'envie qu'elle doit donner de la manger. Tout revient, en dernière analyse, à rendre compte de rapports de lumière qui, du point de vue de la connaissance, gagneront peut-être à être considérés à partir du plus simple. De toute manière la plus ou moins grande justesse de ces rapports décidera de la plus ou moins grande intensité de la sensation. Tout se passe comme si l'on était en présence d'un phénomène de réfraction particulier où le milieu non transparent est constitué par l'esprit de l'homme. Le principe de ce phénomène doit être toujours le même et, pour le dégager, il est loisible de penser qu'il vaut mieux s'hypnotiser sur le spath d'Islande que d'aspirer à rendre compte immédiatement d'un mirage. Il n'en est pas moins vrai que Cézanne a éprouvé le besoin de se mesurer plusieurs fois avec les données les plus ambitieuses d'un tel problème.

On me remettait donc en mémoire les péripéties de l'affaire du Loch : une jeune femme tuée, au moyen d'un fusil de chasse, dans cette maison que j'avais entrevue; son mari Michel Henriot, fils du procureur général de Lorient, témoignant que le meurtre avait eu lieu en son absence et vraisemblablement devait être mis au compte de quelque chemineau, comme plusieurs autres crimes récents demeurés impunis. L'isolement imprudent de la maison, qu'il avait fait construire peu après son mariage, s'expliquait par le fait qu'il se livrait dans ses dépendances à l'élevage de *renards argentés*. Puis l'enquête établissait qu'il avait, à peu de temps de là, contracté une assurance à son profit en cas de décès de sa femme, cette assurance prévoyant formellement le risque d'assassinat et que, le lendemain même du crime, le procureur Henriot avait demandé par téléphone à la compagnie intéressée de faire procéder aux constatations. « Tout » Lorient, paraît-il, s'était porté aux obsèques, effectuant dans sa première partie le même trajet que nous. Le long du convoi la foule avait été des plus houleuses derrière les Henriot, le fils tentant de dérober son profil *de renard* derrière quelques mots de regret stéréotypés, le père très digne sous les clameurs (il était réputé pour sa sévérité, qui lui avait valu le surnom de procureur Maximum : on se contait, en effet, qu'en cas de conclusions modérées de la part de ses substituts, il était toujours intervenu personnellement pour requérir le maximum de la peine). L'interrogatoire de Michel Henriot avait repris sur ces entrefaites, entraînant assez vite des aveux : c'est lui qui avait tué, il niait seulement le mobile d'intérêt. A l'en croire, il avait obéi à l'exaspération que lui causait depuis longtemps le refus de sa femme de céder, sur le plan sexuel, à ses instances, refus qui lui avait été signifié, une fois de plus, ce jour-là. En marge de ces précisions, dont l'instruction judiciaire devait ou non se contenter, s'imposait naturellement toute une suite d'investigations qui sont très loin d'avoir été menées à bout puisque, notamment, un examen psychanalytique n'a pas été pratiqué mais qui, livrées presque au hasard, ont fourni néanmoins quelques éléments d'appréciation intéressants, touchant la personnalité du criminel : hérédité névropathique du côté de la mère, éprise de tir et dont la faiblesse extrême pour son enfant avait contrasté autant que possible avec l'indifférence et la morgue toutes professionnelles du père, complexion maladive, grande médiocrité intellectuelle non exempte de bizarrerie (le choix tardif du métier d'éleveur de renards est assez caractéristique), mariage conclu plus qu'à la diable, sur la foi d'annonces de journaux, abrogeant dans son esprit toute nécessité de préliminaires, niant le besoin de recherche des affinités, reflétant, en tout et pour tout, le désir sordide des parents de voir s'équilibrer non deux êtres mais deux fortunes. On a pu lire les lettres de Mme Michel Henriot à sa sœur, lettres par lesquelles, ne se faisant aucune illusion sur le sort qui l'attendait, elle implorait secours sans parvenir à ce qu'on s'inquiétât d'elle le moins du monde. C'est là une belle page à la gloire de la famille bourgeoise.

Mais, pour me laisser aller à ces considérations morales, j'étais trop préoccupé, ce soir-là, de quelques aspects tout « poétiques », apparemment, de la question. Je me souvenais d'articles relatant que, selon les dépositions de plusieurs témoins, Michel Henriot avait coutume de tuer au fusil, par plaisir, les oiseaux de mer, et je me revoyais quelques heures plus tôt mettant en fuite, à coups de pierre, ces mêmes oiseaux. Le fait est que, pour la première fois, donc à cette place, leur comportement m'avait été désagréable. Une histoire de France illustrée, sans doute la première qui me soit tombée sous les yeux vers l'âge de quatre ans, montrait le très jeune Louis XV massacrant ainsi, *par plaisir*, des oiseaux dans une volière. Je ne sais si j'avais déjà découvert alors la cruauté mais il n'est pas douteux que je garde, par rapport à cette image, une certaine ambivalence de sentiments. Les renards argentés aussi me laissaient rêveurs : étaient-ils nombreux, comment s'acclimataient-ils? Détail je ne sais pourquoi un peu irritant ou bouffon, j'apprenais que la société protectrice des animaux avait écrit, dès l'arrestation d'Henriot, pour demander d'en prendre soin.

Par-dessus tout je ne parvenais pas à me détacher d'une autre donnée, celle-ci pour moi de la plus grande importance subjective : le petit fort devant lequel je m'étais trouvé après le passage du ruisseau n'était autre, on m'en assurait, que l'habitation provisoire qu'avaient élue Michel Henriot et sa femme, pendant le temps qu'on mettait à construire pour eux la « villa du Loch ». Ainsi l'espace compris entre ces deux bâtiments, qui m'avait été l'après-midi un lieu si exceptionnel de disgrâce, se révélait, *dans ses limites mêmes*, le théâtre antérieur d'une tragédie des plus particulières. Tout s'était passé comme si j'avais subi, je n'avais pas été seul à subir, précisément de l'un à l'autre, les effets d'émanations délétères, d'émanations s'attaquant au principe même de la vie morale. Fallait-il admettre que la malédiction était tombée sur ce lieu à la suite du crime ou voir déjà dans le crime l'accomplissement de la malédiction? Cette question restait, naturellement, sans réponse. On n'eût pu l'élucider qu'en se livrant sur place à des recherches sur les souvenirs plus anciens qui pouvaient s'attacher à cette bande de terre. Ces recherches risquaient d'être longues, ardues et de ne pas donner grand résultat. Aussi bien à mes yeux le véritable problème n'avait-il cessé d'être autre : le miroir de l'amour entre deux êtres est-il sujet à se brouiller du fait de circonstances totalement étrangères à l'amour et à se découvrir d'un seul coup à l'expiration de ces circonstances? Oui.

Je ne me dissimule pas ce qu'une telle façon de voir, aux yeux de certains esprits positifs, peut avoir de moyenâgeux. Que sera-ce quand j'aurai ajouté qu'en ce point précis de ces réflexions un trait fulgurant me traversa l'esprit! Ce trait, comment dire, n'était pas un trait de lumière puisque, même à distance, il ne me permet pas de comprendre, de tirer pleinement parti de ce qu'il m'a fait *voir :* la veille de notre départ, ma femme ayant prié un de nos amis de lui prêter pour ces quelques jours un ouvrage de lecture agréable, celui-ci lui avait apporté deux romans anglais : *La Renarde,* de Mary Webb, et *La Femme changée en renard,* de David Garnett. J'avais été frappé, sur l'instant, de l'analogie de ces deux titres (notre ami, procédant à un choix hâtif dans sa bibliothèque, n'avait plus dû se rappeler auquel des deux correspondait le contenu qui lui plaisait). Je connaissais de longue date le second de ces ouvrages, d'ailleurs remarquable, et j'avais pris, les jours précédents, grand intérêt à le relire. Ce 20 juillet en particulier, les deux volumes et eux seuls se trouvaient dans notre chambre, à portée de la main sur de petites tables *de part et d'autre* du lit.

Bon gré mal gré il faut reconnaître que ces

deux livres semblent bien, dans l'élaboration de ce qui fut pour nous ce long cauchemar éveillé, avoir joué un rôle *surdéterminant* des plus décisifs. Par quel mystère parvinrent-ils à entrer en composition avec d'autres éléments tels que cette maison, ce ruisseau — le Loch lui-même — ce fort (qui échappaient alors pour l'un d'entre nous comme pour l'autre à toute possibilité d'identification) pour provoquer chez nous simultanément un état affectif *en totale contradiction* avec nos sentiments réels? Pourquoi très précisément ces deux livres nous avaient-ils accompagnés en Bretagne? Tout se passe comme si, en pareil cas, l'on était victime d'une machination des plus savantes de la part de puissances qui demeurent, jusqu'à nouvel ordre, fort obscures. Cette machination, si l'on veut éviter qu'elle entraîne, par simple confusion de plans, un trouble durable de l'amour ou tout au moins sur sa continuité un doute grave, il importe au plus haut point de la *démonter.*

J'ai tenu, quelques jours plus tard, à confronter avec la réalité le souvenir que j'avais gardé de ce lieu maléfique... A ma très grande surprise, l'enclos qui avait constitué le parc aux renards était fermé, non comme j'avais cru le voir le premier jour par un treillis métallique, mais bien par un mur de ciment trop haut pour me permettre d'apercevoir quoi que ce fût à l'intérieur. Debout sur le coussin de leur voiture, des automobilistes, venus manifestement tout exprès, avaient l'air plus favorisés. De près, la maison n'était en rien différente de l'image que j'en avais emportée, si ce n'est qu'à la fenêtre du premier étage se montraient trois femmes, d'allure parisienne, assez jolies. Sur la porte du parc, en lettres blanches sur fond noir, je pus lire : « Changement de propriétaire. Défense d'entrer. » Au prix de quelques efforts gymnastiques, je réussis à découvrir que toutes les cages, *à treillis métallique*, étaient adossées au mur qui m'avait fait face tout d'abord. C'était donc comme si, le 20 juillet, ce mur se fût montré pour moi *transparent*. Le ruisseau jaune était le même. Une plaque gravée se bornait à évoquer l'activité du fort : « Fort du Loch 1746-1862. »

Chère Écusette de Noireuil,

Au beau printemps de 1952 vous viendrez
d'avoir seize ans et peut-être serez-vous tentée
d'entrouvrir ce livre dont j'aime à penser qu'eu-
phoniquement le titre vous sera porté par le vent
qui courbe les aubépines... Tous les rêves, tous les
espoirs, toutes les illusions danseront, j'espère,
nuit et jour à la lueur de vos boucles et je ne serai
sans doute plus là, moi qui ne désirerais y être
que pour vous voir. Les cavaliers mystérieux et
splendides passeront à toutes brides, au crépuscule, le long des ruisseaux changeants. Sous
de légers voiles vert d'eau, d'un pas de somnam-
bule une jeune fille glissera sous de hautes voûtes,
où clignera seule une lampe votive. Mais les
esprits des joncs, mais les chats minuscules qui
font semblant de dormir dans les bagues, mais
l'élégant revolver-joujou perforé du mot « Bal »

vous garderont de prendre ces scènes au tragique. Quelle que soit la part jamais assez belle, ou tout autre, qui vous soit faite, je ne puis savoir, vous vous plairez à vivre, à tout attendre de l'amour. Quoi qu'il advienne d'ici que vous preniez connaissance de cette lettre — il semble que c'est l'insupposable qui doit advenir — laissez-moi penser que vous serez prête alors à incarner cette puissance éternelle de la femme, la seule devant laquelle je me sois jamais incliné. Que vous veniez de fermer un pupitre sur un monde bleu corbeau de toute fantaisie ou de vous profiler, à l'exception d'un bouquet à votre corsage, en silhouette solaire sur le mur d'une fabrique — je suis loin d'être fixé sur votre avenir — laissez-moi croire que ces mots : « L'amour fou » seront un jour seuls en rapport avec votre vertige.

Ils ne tiendront pas leur promesse puisqu'ils ne feront que vous éclairer le mystère de votre naissance. Bien longtemps j'avais pensé que la pire folie était de donner la vie. En tout cas j'en avais voulu à ceux qui me l'avaient donnée. Il se peut que vous m'en vouliez certains jours. C'est même pourquoi j'ai choisi de vous regarder à seize ans, alors que vous ne pouvez m'en vouloir. Que dis-je, de vous regarder, mais non, d'essayer de voir par vos yeux, de me regarder par vos yeux.

Ma toute petite enfant, qui n'avez que huit mois, qui souriez toujours, qui êtes faite à la fois comme le corail et la perle, vous saurez alors que tout hasard a été rigoureusement exclu de votre venue, que celle-ci s'est produite à l'heure même où elle devait se produire, ni plus tôt ni plus tard et qu'aucune ombre ne vous attendait au-dessus de votre berceau d'osier. Même l'assez grande misère qui avait été et reste la mienne, pour quelques jours faisait trêve. Cette misère, je n'étais d'ailleurs pas braqué contre elle : j'acceptais d'avoir à payer la rançon de mon non-esclavage à vie, d'acquitter le droit que je m'étais donné une fois pour toutes de n'exprimer d'autres idées que les miennes. Nous n'étions pas tant... Elle passait au loin, très embellie, presque justifiée, un peu comme dans ce qu'on a appelé, pour un peintre qui fut de vos tout premiers amis, l'*époque bleue.* Elle apparaissait comme la conséquence à peu près inévitable de mon refus d'en passer par où presque tous les autres en passaient, qu'ils fussent dans un camp ou dans un autre. Cette misère, que vous ayez eu ou non le temps de la prendre en horreur, songez qu'elle n'était que le revers de la miraculeuse médaille de votre existence : moins étincelante sans elle eût été la Nuit du Tournesol.

Moins étincelante puisque alors l'amour n'eût pas eu à braver tout ce qu'il bravait, puisqu'il n'eût pas eu, pour triompher, à compter en tout et pour tout sur lui-même. Peut-être était-ce d'une terrible imprudence mais c'était justement cette imprudence le plus beau joyau du coffret. Au-delà de cette imprudence ne restait qu'à en commettre une plus grande : celle de vous faire naître, celle dont vous êtes le souffle parfumé. Il fallait qu'au moins de l'une à l'autre une corde magique fût tendue, tendue à se rompre au-dessus du précipice pour que la beauté allât vous cueillir comme une impossible fleur aérienne, en s'aidant de son seul balancier. Cette fleur, qu'un jour du moins il vous plaise de penser que vous l'êtes, que vous êtes née sans aucun contact avec le sol malheureusement non stérile de ce qu'on est convenu d'appeler « les intérêts humains ». Vous êtes issue du seul miroitement de ce qui fut assez tard pour moi l'aboutissement de la poésie à laquelle je m'étais voué dans ma jeunesse, de la poésie que j'ai continué à servir, au mépris de tout ce qui n'est pas elle. Vous vous êtes trouvée là comme par enchantement, et si jamais vous démêlez trace de tristesse dans ces paroles que pour la première fois j'adresse *à vous seule*, dites-vous que cet enchantement continue et continuera à ne faire qu'un avec vous, qu'il est de force à surmonter en moi tous les déchirements du cœur. *Toujours* et *longtemps*, les deux grands mots ennemis qui s'affrontent dès qu'il est question

19. *Tous les petits enfants des miliciens d'Espagne...* (p. 174)
PHOTO HENRI CARTIER-BRESSON

20. *Un filet de lait sans fin fusant d'un sein de verre* (p. 171)
PHOTO MAN RAY

de l'amour, n'ont jamais échangé de plus aveuglants coups d'épée qu'aujourd'hui au-dessus de moi, dans un ciel tout entier comme vos yeux dont le blanc est encore si bleu. De ces mots, celui qui porte mes couleurs, même si son étoile faiblit à cette heure, même s'il doit perdre, c'est *toujours. Toujours*, comme dans les serments qu'exigent les jeunes filles. *Toujours*, comme sur le sable blanc du temps et par la grâce de cet instrument qui sert à le compter mais seulement jusqu'ici vous fascine et vous affame, réduit à un filet de lait sans fin fusant d'un sein de verre. Envers et contre tout j'aurai maintenu que ce *toujours* est la grande clé. Ce que j'ai aimé, que je l'aie gardé ou non, je l'aimerai *toujours*. Comme vous êtes appelée à souffrir aussi, je voulais en finissant ce livre vous expliquer. J'ai parlé d'un certain « point sublime » dans la montagne. Il ne fut jamais question de m'établir à demeure en ce point. Il eût d'ailleurs, à partir de là, cessé d'être sublime et j'eusse, moi, cessé d'être un homme. Faute de pouvoir raisonnablement m'y fixer, je ne m'en suis du moins jamais écarté jusqu'à le perdre de vue, jusqu'à ne plus pouvoir le montrer. J'avais choisi d'être ce guide, je m'étais astreint en conséquence à ne pas démériter de la puissance qui, dans la direction de l'amour éternel, m'avait fait *voir* et accordé le privilège plus rare de *faire voir*. Je n'en ai jamais démérité, je n'ai jamais cessé de ne faire qu'un de la chair de l'être que j'aime et de la neige des cimes au soleil levant. De l'amour je n'ai voulu connaître que les heures de triomphe, dont je ferme ici le collier sur vous. Même la perle noire, la dernière, je suis sûr que vous comprendrez quelle faiblesse m'y attache, quel suprême espoir de *conjuration* j'ai mis en elle. Je ne nie pas que l'amour ait maille à partir avec la vie. Je dis qu'il doit vaincre et pour cela s'être élevé à une telle conscience poétique de lui-même que tout ce qu'il rencontre nécessairement d'hostile se fonde au foyer de sa propre gloire.

Du moins cela aura-t-il été en permanence mon grand espoir, auquel n'enlève rien l'incapacité où j'ai été quelquefois de me montrer à sa hauteur. S'il est jamais entré en composition avec un autre, je m'assure que celui-ci ne vous touche pas de moins près. Comme j'ai voulu que votre existence se connût cette raison d'être que je l'avais demandée à ce qui était pour moi, dans toute la force du terme, la beauté, dans toute la force du terme, l'amour — le nom que je vous donne en haut de cette lettre ne me rend pas seulement, sous sa forme anagrammatique, un compte charmant de votre aspect *actuel* puisque, bien après l'avoir inventé pour vous, je me suis aperçu que les mots qui le composent, page 66 de ce livre, m'avaient servi à caractériser l'aspect même qu'avait pris pour moi l'*amour :* ce doit être cela la *ressemblance* — j'ai voulu encore que tout ce que j'attends du devenir humain, tout ce qui, selon moi, vaut la peine de lutter pour tous et non pour un, cessât d'être une manière formelle de penser, quand elle serait la plus noble, pour se confronter à cette réalité en devenir vivant qui est vous. Je veux dire que j'ai craint, à une époque de ma vie, d'être privé du contact nécessaire, du contact humain avec ce qui serait après moi. *Après moi,* cette idée continue à se perdre mais se retrouve merveilleusement dans un certain tournemain que vous avez *comme* (et pour moi pas comme) tous les petits enfants. J'ai tant admiré, du premier jour, votre main. Elle voltigeait, le frappant presque d'inanité, autour de tout ce que j'avais tenté d'édifier intellectuellement. Cette main, quelle chose insensée et que je plains ceux qui n'ont pas eu l'occasion d'en étoiler la plus belle page d'un livre! Indigence, tout à coup, de la fleur. Il n'est que de considérer cette main pour penser que l'homme fait un état risible de ce qu'il croit savoir. Tout ce qu'il comprend d'elle est qu'elle est vraiment faite, en tous les sens, pour le *mieux.* Cette aspiration aveugle vers le mieux suffirait à justifier l'amour tel que je le conçois, l'amour absolu, comme seul principe de sélection physique et morale qui puisse

173

répondre de la non-vanité du témoignage, du passage humains.

J'y songeais, non sans fièvre, en septembre 1936, seul avec vous dans ma fameuse maison inhabitable de sel gemme. J'y songeais dans l'intervalle des journaux qui relataient plus ou moins hypocritement les épisodes de la guerre civile en Espagne, des journaux derrière lesquels vous croyiez que je disparaissais pour jouer avec vous à cache-cache. Et c'était vrai aussi puisqu'à de telles minutes, l'inconscient et le conscient, sous votre forme et sous la mienne, existaient en pleine dualité tout près l'un de l'autre, se tenaient dans une ignorance totale l'une de l'autre et pourtant communiquaient à loisir par un seul fil tout-puissant qui était entre nous l'échange du regard. Certes ma vie alors ne tenait qu'à un fil. Grande était la tentation d'aller l'offrir à ceux qui, sans erreur possible et sans distinction de tendances, voulaient coûte que coûte en finir avec le vieil « ordre » fondé sur le culte de cette trinité abjecte : la famille, la patrie et la religion. Et pourtant vous me reteniez par ce fil qui est celui du bonheur, tel qu'il transparaît dans la trame du malheur même. J'aimais en vous tous les petits enfants des miliciens d'Espagne, pareils à ceux que j'avais vus courir nus dans les faubourgs de poivre de Santa

Cruz de Tenerife. Puisse le sacrifice de tant de vies humaines en faire un jour des êtres *heureux!* Et pourtant je ne me sentais pas le courage de vous exposer avec moi pour aider à ce que cela fût.

Qu'avant tout l'idée de famille rentre sous terre! Si j'ai aimé en vous l'accomplissement de la nécessité naturelle, c'est dans la mesure exacte où en votre personne elle n'a fait qu'une avec ce qu'était pour moi la nécessité humaine, la nécessité *logique* et que la conciliation de ces deux nécessités m'est toujours apparue comme la seule merveille à portée de l'homme, comme la seule chance qu'il ait d'échapper de loin en loin à la méchanceté de sa condition. Vous êtes passée du non-être à l'être en vertu d'un de ces accords réalisés qui sont les seuls pour lesquels il m'a plu d'avoir une oreille. Vous étiez donnée comme possible, comme certaine au moment même où, dans l'amour le plus sûr de lui, un homme et une femme vous voulaient.

M'éloigner de vous! Il m'importait trop, par exemple, de vous entendre un jour répondre en toute innocence à ces questions insidieuses que les grandes personnes posent aux enfants : « Avec quoi on pense, on souffre? Comment on a su son nom, au soleil? D'où ça vient la nuit? » Comme si elles pouvaient le dire elles-mêmes! Étant pour moi la créature humaine dans son authenticité

175

parfaite, vous deviez contre toute vraisemblance me l'apprendre...

Je vous souhaite d'être follement aimée.

ŒUVRES D'ANDRÉ BRETON

Aux Éditions Gallimard

LES CHAMPS MAGNÉTIQUES *(en collaboration avec Philippe Soupault), suivis de* VOUS M'OUBLIEREZ *et de* S'IL VOUS PLAÎT.

LES PAS PERDUS.

MANIFESTES DU SURRÉALISME (coll. « Idées »).

INTRODUCTION AU DISCOURS SUR LE PEU DE RÉALITÉ.

NADJA.

LE SURRÉALISME ET LA PEINTURE.

LES VASES COMMUNICANTS.

POINT DU JOUR.

L'AMOUR FOU.

POÈMES.

ENTRETIENS.

CLAIR DE TERRE, *précédé de* MONT DE PIÉTÉ, *suivi de* LE REVOLVER À CHEVEUX BLANCS *et de* L'AIR DE L'EAU (coll. « Poésie »).

SIGNE ASCENDANT, *suivi de* FATA MORGANA, LES ÉTATS GÉNÉRAUX, DES ÉPINGLES TREMBLANTES, XÉNOPHILES, ODE À CHARLES FOURIER, CONSTELLATIONS, LE LA (coll. « Poésie »).

PERSPECTIVE CAVALIÈRE (texte établi par Marguerite Bonnet).

Chez d'autres éditeurs

MONT DE PIÉTÉ. – *Au Sans Pareil*, 1919.

LES CHAMPS MAGNÉTIQUES (en collaboration avec Philippe Soupault). – *Au Sans Pareil*, 1920.

CLAIR DE TERRE. – *Collection Littérature*, 1923.

MANIFESTE DU SURRÉALISME. – POISSON SOLUBLE. – *Kra*, 1924.

LÉGITIME DÉFENSE. – *Éditions surréalistes*, 1926.

MANIFESTE DU SURRÉALISME, nouvelle édition augmentée de la LETTRE AUX VOYANTES. – *Kra*, 1929.

RALENTIR TRAVAUX (en collaboration avec René Char et Paul Éluard). – *Éditions surréalistes*, 1930.

SECOND MANIFESTE DU SURRÉALISME. – *Kra*, 1930.

L'IMMACULÉE CONCEPTION (en collaboration avec Paul Éluard). – *Éditions surréalistes*, 1930.

L'UNION LIBRE. – Paris, 1931.

MISÈRE DE LA POÉSIE. – *Éditions surréalistes*, 1932.

LE REVOLVER À CHEVEUX BLANCS. – *Éditions des Cahiers libres*, 1932.

QU'EST-CE QUE LE SURRÉALISME? – *René Henriquez*, 1934.

L'AIR DE L'EAU. – *Éditions Cahiers d'Art*, 1934.

POSITION POLITIQUE DU SURRÉALISME. – *Éditions du Sagittaire*, 1935.

AU LAVOIR NOIR. – *G.L.M.*, 1936.

NOTES SUR LA POÉSIE (en collaboration avec Paul Éluard). – *G.L.M.*, 1936.

LE CHÂTEAU ÉTOILÉ. – *Éditions Albert Skira*, 1937.

TRAJECTOIRE DU RÊVE (documents recueillis par A. B.). – *G.L.M.*, 1938.

DICTIONNAIRE ABRÉGÉ DU SURRÉALISME (en collaboration avec Paul Éluard). – *Éditions Beaux-Arts*, 1938.

ANTHOLOGIE DE L'HUMOUR NOIR. – *Éditions du Sagittaire*, 1940.

FATA MORGANA. – *Les Lettres françaises, Sur*, 1942.

PLEINE MARGE. – *Éditions Karl Nierendorf*, 1943.

ARCANE 17. – New York, *Éditions Brentano's*, 1945.

SITUATION DU SURRÉALISME ENTRE LES DEUX GUERRES. – *Fontaine*, 1945.

YOUNG CHERRY TREES SECURED AGAINST HARES. – *Éditions View*, 1946.

LE SURRÉALISME ET LA PEINTURE, nouvelle édition augmentée. – *Brentano's*, 1946.

YVES TANGUY. – New York, *Éditions Pierre Matisse*, 1947.

LES MANIFESTES DU SURRÉALISME, suivis de PROLÉGOMÈNES À UN TROISIÈME MANIFESTE DU SURRÉALISME OU NON. – *Sagittaire*, 1946.

ARCANE 17, ENTÉ D'AJOURS. – *Sagittaire*, 1947.

ODE À CHARLES FOURIER. – *Fontaine*, 1947.

MARTINIQUE CHARMEUSE DE SERPENTS. – *Sagittaire*, 1948.

LA LAMPE DANS L'HORLOGE. – *Éditions Marin*, 1948.

AU REGARD DES DIVINITÉS. – *Éditions Messages*, 1949.

FLAGRANT DÉLIT. – *Éditions Thésée*, 1949.

ANTHOLOGIE DE L'HUMOUR NOIR, nouvelle édition augmentée. – *Sagittaire*, 1950.

LA CLÉ DES CHAMPS. – *Sagittaire*, 1953.

ADIEU NE PLAISE. – *Éditions P.A.B.*, 1954.

LES MANIFESTES DU SURRÉALISME. – *Sagittaire et Club français du livre*, 1955.

L'ART MAGIQUE (avec le concours de Gérard Legrand). – *Club français du livre*, 1957.

CONSTELLATIONS (sur 22 gouaches de Joan Miró). – *Éditions Pierre Matisse*, 1959.

POÉSIE ET AUTRE. – *Club du meilleur livre*, 1960.

LE LA. – *Éditions P.A.B.*, 1961.

ODE À CHARLES FOURIER, commentée par Jean Gaulmier. – *Librairie Klincksieck*, 1961.

MANIFESTES DU SURRÉALISME, édition définitive. – *J.-J. Pauvert*, 1962.

COLLECTION FOLIO

Dernières parutions